Mon idole

Mon idole

Sarah JAMES

© 2020, Sarah James.

Édition : BoD – Books on Demand
12/14 rond-point des Champs-Élysées, 75008 Paris
Impression : BoD - Books on Demand, Norderstedt, Allemagne

ISBN 9782322222759

CHAPITRE 1

Cette journée allait être une excellente journée ! Je me suis réveillée ce matin avec le pressentiment étrange qu'une chose incroyable allait se produire aujourd'hui. Quelque chose qui allait certainement changer le cours de ma vie. Je ne sais pas ce que cela pouvait être, mais une chose est sûre c'est qu'il n'en fallait pas plus pour me motiver à quitter mon lit pour aller travailler.
Juste le temps d'enfiler mon peignoir, et je me dirige vers la fenêtre de mon salon pour me rendre compte de la météo. Bonne nouvelle. Le soleil perce juste au-dessus de Central Park. Décidemment cette journée de mai s'annonce être en parfaite harmonie avec mon état d'esprit.
Je me verse une bonne tasse de café, et comme chaque matin, je me plie à mon petit rituel qui est d'éplucher les dernières nouvelles de la presse people sur ma tablette. Histoire de me tenir au

courant de ce que les concurrents ont pu trouver pour alimenter leurs magazines. Et oui, étant donné que moi aussi, je fais partie de cette famille de journalistes qui aiment créer la sensation, en dévoilant les actualités de nos « people » préférés.

Cela fait maintenant presque dix ans que je travaille à la rédaction d'un petit magazine : le *Hit star*. Je dis « petit », mais pourtant dans les années 90, ce magazine a connu ses plus grandes heures de gloire. C'était l'un des magazines les plus vendus des Etats Unis, car il avait toujours une longueur d'avance sur les autres. Toujours une petite info de plus qui faisait toute la différence avec les autres magazines de sa génération. A cette époque, le créateur de ce magazine, Matt Kelley, était un véritable baroudeur. Il connaissait énormément de monde pour réussir à se faire inviter dans les moindres soirées mondaines. Il était en lien avec de nombreux indics qui jouaient les détectives privés pour lui. Qui le contactait dès lors que la moindre vedette pointait le bout de son nez à l'angle de n'importe quelle rue. Et avec le temps Matt Kelley en venait à connaître la moindre habitude de ces personnalités. C'est pour cette raison que son magazine marchait du tonnerre. Les informations étaient totalement exclusives. Matt Kelley tenait à s'assurer que ses indics ne travaillaient que pour lui, et pour cela il savait se montrer reconnaissant...trop peut-être. Car après l'arrivée de plusieurs concurrents sur le marché, et la naissance d'internet, il était devenu compliqué de s'assurer de l'exclusivité d'une information, ou du moins de continuer à fidéliser ces enquêteurs en herbe. Le marché a littéralement explosé, et Matt Kelley n'arrivait plus à assumer les frais que sa place de leader exigeait. C'est alors qu'il a décidé de revendre son affaire à un autre grand magnat de la presse qui n'était juste intéressé que par le nom, puisque ce grand groupe, *Life Star*, a complétement décidé de tout remanier. *Life Star* a complétement repris en main la forme et le fond du magazine. Les dirigeants ont même décidé de se séparer d'une grande partie de l'équipe, afin de trouver de nouvelles personnes qui sauraient apporter de nouvelles idées, de nouvelles inspirations. Un relooking total. Et c'est à ce moment-là que je suis arrivée. Je sortais tout juste de l'école de journalisme. Et Le dernier jour précédent la remise de diplôme, un des responsables du groupe *Life Star* est venu recruter dans mon école. Je trouvais le projet de travailler pour une rédaction nouvelle avec une équipe fraîchement constituée particulièrement intéressant, et une excellente expérience pour une débutante comme moi.

C'est donc de cette façon que commence ma carrière de journaliste, au 48ème étage du New York Times Building, en plein cœur de Manhattan. La rédaction est aujourd'hui composée de six personnes, dont moi.

On y trouve David, le photographe, l'artiste du groupe. Cet homme a un talent certain pour capturer la moindre émotion dans ses photos. Je suis à chaque fois bluffée par ses clichés. David est un grand sensible, un empathique qui s'intéresse véritablement aux autres. Et de ce fait très attentionné. Lorsque quelque chose ne va pas, David le ressent systématiquement. Impossible de faire semblant avec lui. Il a la particularité de trouver les mots justes, et est toujours de bons conseils. C'est un vrai plaisir de se confier à lui. Ce grand brun aux yeux bleus à l'allure athlétique est un véritable amour.

Il y a Cameron, le maquettiste. C'est lui qui s'occupe de mettre en forme le magazine. Alors Cameron, c'est certainement le tombeur de la bande. Cheveux châtain clair, yeux bleus, corps très musclé, tatoué. Cameron plaît aux filles et il le sait. Ce qui peut lui donner un côté prétentieux parfois. Mais avec nous, il est adorable et ne joue pas les dragueurs compulsifs. Il y a un véritable respect entre tous les membres de l'équipe, et toutes les ambiguïtés possibles ont très vite été levées. Il peut y avoir quelques allusions d'ordre de la séduction qui fusent de temps en temps, mais cela ne reste qu'un jeu. Bien que j'émette toujours quelques réserves sur ce qui a pu se passer entre Cameron et Betty à la dernière soirée du Nouvel An. Tous les deux étaient bien éméchés ce soir-là, et je ne suis pas sûre que Cameron ait « juste » raccompagné Betty comme il n'arrête pas de le clamer… Mais bon, ça ne regarde qu'eux après tout.

Betty, justement, c'est ma grande amie. Tout comme moi, elle est reporter-rédactrice. Nous nous sommes très vite prises d'affection l'une pour l'autre. Betty est arrivée presqu'en même temps que moi dans cette rédaction, c'est ce qui a certainement favorisé notre lien si fort. Elle est notre rayon de soleil. Toujours pleine d'énergie, toujours de bonne humeur… Bien qu'elle joue souvent de malchance dans ses relations avec les hommes. La pauvre ne tombe la plupart du temps que sur des loosers, mais cela ne ternit en rien sa positive attitude. Elle tient à profiter de la vie au maximum.

Linda, la webmaster. La plus réservée d'entre nous. Cette grande brune élancée d'1m80 aux yeux noisette sait rester discrète dans la moindre situation. Son métier lui convient bien, car elle reste derrière son ordinateur à longueur de journée, ce qui lui permet d'éviter tout contact avec le monde extérieur. C'est son tempérament : elle est très timide. Par contre, elle ne refuse jamais une invitation lorsque nous sortons boire un verre tous ensemble après le boulot. C'est même elle qui le propose parfois.

Allison, la rédactrice en chef. Allison est celle de nous qui a le plus d'expérience dans le milieu. Je veux dire comparé à nous qui sortions presque tous de l'école lorsque nous sommes arrivés à *Life Star*. Elle travaillait déjà depuis cinq ans pour ce groupe de presse. C'est donc naturel qu'elle soit devenue la rédactrice en chef de ce journal. Et travailler avec elle est un véritable plaisir. Allison a beau être notre supérieure, elle ne se prétend pas au-dessus de nous pour autant. C'est une excellente manager qui reste à l'écoute de son équipe. Et elle a beau être une jeune maman et vivre en couple, elle n'hésite pas à sortir avec nous certains soirs pour entretenir ce lien qui unit toute l'équipe.

Et moi : Lisa. Petite dernière d'une famille de quatre enfants, j'ai grandi à Mason, au fin fond de l'Ohio. Une famille modeste de parents professeurs avec mes trois frères et sœurs. Mon envie de devenir journaliste s'est manifesté très tôt chez moi. Je me souviens qu'à l'adolescence, j'étais hyper fan d'un chanteur rock qui faisait un malheur à l'époque. Tant par ses chansons que par son physique de tombeur. Et je m'imaginais que le seul moyen de l'approcher était de devenir journaliste pour pouvoir un jour l'interviewer. C'est alors ce que j'ai fait, j'ai poursuivi mes études dans ce sens. Malheureusement la carrière de ce chanteur s'est arrêtée alors que je commençais mes études, et je n'ai plus jamais entendu parler de lui. C'en était fini de mon rêve, mais la passion pour ce métier est restée. J'ai donc continué jusqu'à atteindre mon but. Et aujourd'hui je rédige des articles sur la vie trépidante de nos chères célébrités. Ah …trépidante, on peut le dire… mais tout l'opposé de ma vie à moi.

Ce job ne laisse pas vraiment le temps d'avoir une vie privée. Il faut être constamment disponible. Les « people » ne sont pas du genre « prévoyant ». Il faut savoir réagir très vite dès lors qu'une petite information nous parvient sur les faits et gestes de l'une d'entre elles. Inutile de compter ses heures ou de s'attendre à passer un week-end tranquille à la maison. Interviews, filatures, reportages photos… sont les lots quotidiens de notre métier, et je dois dire que j'adore ça. De l'action en permanence. Je suis toujours sur le terrain. Je ne m'ennuie jamais ! Et puis, personne ne m'attend à la maison de toute façon. Lorsque je suis au bureau, c'est pour m'occuper de la mise en page des articles. Ce qui n'est pas une mince affaire parfois, et l'on se retrouve souvent jusqu'à très tard dans la nuit à devoir recommencer, recommencer, pour que tout soit parfait et surtout convienne aux grands patrons du groupe...

Donc la vie privée, ce n'est pas pour tout de suite... et je dois dire que pour l'instant, mon indépendance me convient tout à fait comme cela. Pas d'attache, pas d'obligation. J'ai mon petit appartement sur la 47ème rue, je sors comme je veux, pour prendre un verre avec mes amis, dîner au restaurant... je peux traîner au lit les week-ends autant que je veux, sans avoir de compte à rendre à qui que ce soit... Tout ceci me convient très bien !

Je suis encore jeune. Je préférerai que ma situation professionnelle soit stable pour songer à me marier, ou fonder une famille. Je veux être épanouie dans mon travail, pour pouvoir également l'être dans ma vie privée. Cela me parait tout à fait inconcevable autrement. Et je le suis. Ce travail me plait énormément. Je prends plaisir à me rendre au bureau chaque matin. Le stress des transports en commun, et les perpétuels embouteillages n'arrivent même pas à me faire changer d'humeur. J'aime mon travail.

Voilà, rien de nouveau sur la planète people, je pensais en refermant ma tablette. Rien, dont je ne sois pas au courant du moins. Il est vrai que les informations sont sensiblement les mêmes d'un magazine à l'autre, mais nous, nous essayons toujours d'avoir une petite longueur d'avance sur nos concurrents. C'était la marque de fabrique de notre magazine, à l'époque de sa création, et malgré le changement de direction, nous essayons de préserver cette réputation tant bien que mal. Grâce à cette équipe géniale que nous avons réussi à constituer. Tous des pros de l'infos ayant acquis de solides connaissances dans le milieu au fil des ans.

Mais, je vois que l'heure tourne. Je devrais arrêter de rêvasser et me préparer pour affronter cette excitante journée. Allez hop, petit passage dans la salle de bains pour une bonne douche. Une petite touche de mascara pour faire ressortir mes yeux verts, et une petite touche de rouge à lèvres couleur taupe pour accentuer mes lèvres un peu trop nude à mon goût me suffisent. Je n'utilise pas beaucoup de maquillage. J'ai une préférence pour le naturel. Et le fait de devoir y consacrer des heures comme certaines peuvent le faire m'ennuie considérablement. J'utilise donc le strict minimum. Je remonte mes longs cheveux blonds en un chignon bun un peu coiffé décoiffé pour le côté pratique. J'enfile un jean et un petit haut fluide de couleur noire, une paire d'escarpins gris, et me voilà prête à partir. Je descends les trois étages de mon immeuble tout en sautillant, tant je me sens dynamique ce matin.

Comme le soleil est de la partie, je décide de me rendre à pied jusqu'à l'agence. Je ne suis qu'à quelques pâtés de maison de mon lieu de travail, mais très souvent j'opte pour la facilité en prenant le métro. Un peu de sport aujourd'hui me fera le plus grand bien. Non pas que j'en ai particulièrement besoin, car je suis assez fine de corpulence, mais aujourd'hui, c'est décidé, je vais profiter pleinement de chaque instant de cette journée !

J'arrive au New York Times Building. Je rejoins le 48ème par l'ascenseur qui n'est pas complétement bondé comme à l'habitude. David est arrivé avec une tonne de chouquettes à la « française » pour la pause-café. Quel chou ! Et mon bureau ne croule pas sous une tonne de papier éparpillé comme cela arrive très souvent. Tous ces signes finissent par me convaincre que vraiment cette journée sera très agréable.

Toute l'équipe est déjà là.

- Bonjour tout le monde ! je lance d'une voix très guillerette.
- Bonjour toute seule ! me répond David. Oh ! mais dis-moi, tu as l'air de très bonne humeur aujourd'hui ! Qu'est-ce qu'il se passe ? Tu nous caches des choses ?

Et oui, David remarque tout de suite mon humeur exubérante ce matin, bien sûr. Comme je le disais, il remarque tout. Le moindre comportement inhabituel, il le repère en l'espace de quelques secondes. David est le premier homme à avoir rejoint notre équipe. Ce qui fait qu'il a particulièrement été très chouchouté par nous toutes. C'est pour cela qu'il nous le rend bien. Il est si attentionné, qu'on en vient parfois à se poser des questions sur ses intentions. C'est vrai, je connais très peu d'hommes qui soient prêts à nous écouter nous larmoyer pendant des heures au lendemain d'une rupture amoureuse, ou au contraire nous entendre étaler notre bonheur lorsque nous avons réussi à dénicher l'affaire du siècle lors des dernières soldes. Quelle patience ce David ! Alors, c'est vrai que le fait d'être aussi à notre écoute pourrait porter à confusion. De plus, David est particulièrement séduisant. Il pourrait être le petit ami idéal. Je me souviens que l'an dernier, lorsque le père d'Allison est décédé, David s'est montré particulièrement présent pour elle. Certainement comme le ferait un petit ami. Et lorsque nous le regardions agir, Betty et moi, nous ne pouvions pas nous empêcher de nous sentir touchées par son comportement si prévenant.

- Non, pas du tout ! Qu'est-ce que tu vas imaginer là ? Cette journée s'annonce bien, et je ne sais pas pourquoi, j'ai l'impression qu'une bonne nouvelle va me tomber dessus aujourd'hui. Va savoir...

- Une bonne nouvelle ? reprend Betty. Tu as une bonne nouvelle à nous annoncer ?

- Non, je disais que je SENTAIS une bonne nouvelle arriver aujourd'hui. Je ne sais pas quoi encore, mais j'ai vraiment l'impression que quelque chose de positif va se présenter.

- Ah ! Tu veux dire, comme le preux chevalier qui va tout à coup franchir cette porte, et t'emmener loin d'ici sur son grand cheval blanc ?

- Je n'irai peut-être pas jusque-là… mais pourquoi pas...

David, Betty et moi nous dirigeons vers la cuisine pour continuer notre discussion. Je me sens particulièrement attirée par l'odeur sucrée des chouquettes à la « française ».

- Tournée de chouquettes, les filles ! Allez-y servez-vous ! dit David

- Ouh ! David ! Tu es un amour ! Tu nous gâtes vraiment beaucoup, tu sais ! je réponds en me versant une tasse de café.

- Je suis sûre que tu es le genre de gars à apporter le petit déjeuner au lit à ta chérie chaque week-end, rétorque Betty en louchant de plus près sur les sucreries.

- Ah, mais si tu veux le savoir, ma belle, tu n'as qu'à venir le tester par toi-même, répond David une petite pointe de taquinerie dans la voix.

Betty sourit tout en croquant dans la première chouquette.

- Ouh la ! Des couples se forment ! je rajoute sur le ton de la plaisanterie. Enfin, désolée de vous décevoir, mais ce n'est pas avec votre potentielle histoire de « petit déj' au lit » que l'on arrivera à exploser les ventes du prochain numéro, les amis.

- Vraiment ? répond David. Ce serait un véritable scoop au sein du New York Times Building si Betty H. se retrouvait dans le lit du plus célèbre photographe de stars de tout Manhattan !

- Laisse tomber David ! Tu ne ferais même pas une demi page avec ça ! pouffe Betty.

Quel blagueur ce David. Leur petite taquinerie à tous les deux finirait presque par me faire croire qu'ils se prêteraient volontiers au jeu ces deux-là. Ils iraient très bien ensemble je trouve... Je suis sûre que David serait parfait pour Betty. Elle qui ne tombe que sur d'épouvantables égocentriques. Elle serait parfaitement chouchoutée avec lui. C'est tout à fait ce qu'il faut à Betty. Alors pourquoi ne céderaient-ils pas l'un à l'autre ? Peut-être à cause du travail...J'imagine qu'il ne doit pas être aussi simple que de travailler en couple. Betty est une femme très forte de caractère, complétement indépendante également, je ne sais pas si le fait de travailler ensemble nuit et jour lui conviendrait. Ce métier est si prenant. Est-ce que cela pourrait être un avantage ? ou un inconvénient ?...

Enfin, bon, le couple Betty/David n'est pas à l'ordre du jour. Laissons-les profiter encore un peu de ce petit jeu de séduction.

C'est alors qu'Allison entre dans la pièce, complétement exténuée.
- Pfff ! J'ai bien besoin de faire le plein de sucre, moi.
- Tu as l'air d'avoir passé ta nuit à travailler, je réponds.
- C'est notre hors-série du mois qui me pompe toute mon énergie. J'ai reçu un mail du big boss, hier soir. Il voudrait que l'on explore la tendance des come-backs !
- La tendance des « come-backs » ?

- Oui, tu sais, en ce moment, y a pas mal de chanteurs, chanteuses, groupes, des années 90 qui reviennent sur le devant de la scène... alors j'essaie de faire un peu le tour de tout ça, mais vraiment... c'est pas évident...
- Ah oui, c'est vrai ! s'exclame David. Tu sais, j'ai entendu dire que Matthew Spencer ...vous vous souvenez de ce chanteur ?...et bien, j'ai entendu dire que lui aussi allait rentrer en studio pour enregistrer un nouvel album !

A ces mots, je manque de renverser ma tasse de café sur la table.

- QUOI ???!!! je laisse échapper en criant.

Tout le monde se retourne vers moi. Surpris par ma réaction.

- Bah oui, Matthew Spencer ! continue David. Et bien j'ai entendu dire qu'il préparait un nouvel album. Ça fait quoi... près de quinze ans ... tu imagines ?

Matthew Spencer. L'homme de tous mes fantasmes. L'homme qui a accompagné toute mon adolescence, qui a chaviré mon cœur, qui a bercé mes nuits, qui a... tout ! Il était tout pour moi. J'étais totalement amoureuse de cet homme, enfin de ce « jeune » homme à l'époque. C'était lui aussi un adolescent lorsque sa carrière a commencé il y a près de vingt ans. Je le trouvais magnifique. Il était si beau ! si sexy ! Son regard noisette me faisait craquer, ses lèvres charnues semblaient irrésistibles, et puis ce corps d'Appolon qu'il avait ! Matthew faisait beaucoup de sport à l'époque, et il aimait le montrer. A chaque fois qu'il se produisait en concert, il savait mettre les filles en transe lorsqu'il enlevait son t-shirt pour qu'elles admirent ses pectoraux si bien dessinés ... C'était fou ! Et ses chansons ! Certains diront que ce n'était que des chansons de midinettes. D'accord, c'était des *I Love You* à tout va, mais qu'est-ce qu'il le disait bien... sa voix... j'adorais sa voix... encore aujourd'hui j'arriverais à la reconnaître entre mille. Il faut dire que je l'ai tellement écoutée... qu'elle résonne encore dans ma tête. C'est clair, Matthew Spencer était l'une des plus grandes stars à cette époque. Je me souviens qu'il avait décidé de stopper sa carrière à cause du rythme de vie qui devenait tout à fait infernal pour lui. C'est vrai que son sex-appeal provoquait tellement d'hystérie chez les fans, que sa vie devenait de plus en plus difficile. Il était comme prisonnier de tout ça, et constamment harcelé par les fans. Le jour, où Matthew a annoncé son départ de la vie médiatique, je crois que je m'en souviendrais toute ma vie. J'ai ressenti un tel désespoir ce jour-là. J'ai pleuré toutes les larmes de mon corps. Pendant des jours et des jours. Je n'arrivais pas à réaliser ce qu'il se passait. C'était un choc. Tous les fans ont été très choqués. C'était la fin du monde. Quel mauvais souvenir ! Mais de là à imaginer qu'il pourrait revenir sur scène un jour... impossible ! Quinze ans après... Incroyable !

Je reste comme figée dans mes pensées, dans mes souvenirs les plus lointains à son sujet.

Tous le remarque et s'inquiète de me voir aussi ...béate.

- You ouh ! Y a quelqu'un ? me questionne Betty en claquant des doigts devant mes yeux.

Je reprends mes esprits.

- Oh !... euh ... oui ! excusez-moi ! J'étais partie !
- Bah oui, dis donc ! Où étais-tu ? me demande David
- Non, mais c'est vrai ce que tu dis ? Matthew revient ? je lui demande.

Je n'en reviens toujours pas de cette nouvelle.

- Ah écoute, cette info est fiable à 90%. C'est l'amie d'une amie qui connaît quelqu'un qui travaille aux EastSide Sound Studios, et qui lui aurait raconté que Matthew était venu aux studios avec ses musiciens pour discuter affaires...
- Ah ! oui, en effet ! cette info est fiable ! ironise Betty. Si c'est l'amie de l'amie d'une amie.... Y a pas à dire, c'est du sérieux !

- Même si c'est une intox, je pense que cela mérite que l'on se renseigne, non ? C'est du lourd ! Il faut mener l'enquête !... et d'ailleurs… je prends le dossier. Je m'en occupe !

Et sans attendre de réponse de qui que ce soit, je prends ma tasse de café et file de suite dans mon bureau pour me jeter sur mon ordinateur à la recherche d'une quelconque info sur cette rumeur.

Oh mon dieu, je n'ose imaginer que cette nouvelle soit vraie. Je n'arrive toujours pas à y croire. Matthew Spencer revient ! Mes mains se mettent à trembler, tant je suis impatiente de trouver la moindre nouvelle de lui, la moindre photo… Tout comme il y a vingt ans, mon cœur se mettait à battre la chamade, dès lors que je l'apercevais en photo ou à la télé. C'était exactement le même ressenti.

C'est alors que Betty rentre dans mon bureau.

- Ça va ? me demande-elle. Visiblement inquiète de m'avoir vu partir si vite tout à l'heure.

- Euh… oui oui… ça va, pourquoi ?

Je ressens comme des bouffées de chaleur. Je suis tellement excitée par cette nouvelle que j'ai envie de crier.

- Parce que tu es toute bizarre depuis que David a parlé de Matthew, suspecte Betty.

- Tu as raison ! je lui dis en poussant un énorme soulagement.

Betty s'assoit face à mon bureau. Elle a bien compris que j'avais besoin de me libérer de quelque chose.

- Matthew Spencer ! Tu imagines ? je lui demande. J'étais une de ses plus grandes fans ! C'était mon idole ! C'est un choc cette nouvelle. Je n'arrive pas à y croire… j'ai l'impression de rêver… ça fait quinze ans que j'attends ce moment sans y croire… ça fait quinze ans que je me demande ce qu'il est devenu, ce qu'il fait, où il est… Le jour où il a décidé d'arrêter sa carrière, c'était comme un déchirement ! J'avais perdu mon idole, ma raison de vivre… Je me disais que je ne le reverrais plus jamais… c'était horrible ! Et là, mon rêve se réalise…. Il revient ! C'est fou !

- Et tu sais ce qui est encore plus fou ? me demande Betty, l'air malicieux. Tu travailles dans la presse people maintenant. Tu peux le rencontrer !

Mais oui bien sûr ! Je n'avais même pas songé à cette éventualité. Travaillant dans le milieu, je suis tout à fait légitime de le rencontrer pour l'interviewer … Oh mon dieu, rien que d'y penser, mes bouffées de chaleur s'intensifient. Mon cœur bat de plus en plus fort. J'ai envie de hurler, tellement je suis excitée par cette nouvelle.

- Mais oui Betty, tu as raison ! Je vais l'interviewer !... Il faut que je me mette au boulot tout de suite ! Il faut que je trouve son agent ! Je ne sais pas... le studio ! Il faut que je contacte le studio !

Je bondis de mon siège, prend mon sac et quitte le bureau en trombe, ne laissant même pas le temps à Betty de dire quoi que ce soit.

Je saisis les clés d'une de nos voitures de service dans le hall d'accueil, et je quitte la rédaction pour descendre au parking. Oh la la ! Il faut que je me calme d'abord ! Je suis tellement excitée que je risque de faire n'importe quoi. Il faut que je prenne l'ascenseur, que je descende au parking et que je conduise jusqu'au studio à l'autre bout de New York et que j'arrive saine et sauve. Ce serait vraiment ballot que je me plante et que je me retrouve paralysée par un accident idiot. J'appelle l'ascenseur et profite de ces quelques secondes d'attente pour maîtriser ma respiration.

Je suis rejointe par David devant l'ascenseur qui apparemment s'est inquiété de me voir partir en trombe.

- Qu'est-ce qu'il y a ? Tout va bien ? me demande-t-il.

- Oh ! … euh…. Oui ! ça va ! Je me suis juste souvenue que j'avais une course …. Urgente … à faire ! je lui réponds nerveusement.
Je ne peux décemment pas lui raconter ce que je viens d'avouer à Betty. Parler de mes sentiments à l'égard de Matthew à David me paraissait assez … gênant.
Par chance, l'ascenseur finit par arriver. Je salue brièvement David, et je descends jusqu'au parking. Je monte dans la voiture, et je pars de suite en direction d'EastSide Sound studios. A l'autre bout de la ville. Fort heureusement, à cette heure-là, la circulation est plus fluide. Bien que je ne sache pas si cette expression soit bien appropriée pour une métropole comme New York. C'est une ville en perpétuelle activité, la circulation ne s'arrête vraiment jamais.

C'est pourtant ce qui m'avait plu lorsque j'ai décidé de poser mes valises dans cette ville il y a près de dix ans maintenant. Bien sûr les études avaient pesé dans le choix de mon futur emménagement. Des écoles de journalisme ce n'est pas ce qui manque aux Etats Unis. J'avais la possibilité de m'installer n'importe où avec ce choix de carrière. L'université de New York faisait partie des écoles de journalisme les plus prestigieuses du pays. Et outre le fait que j'ai toujours été très attirée par la ville « qui ne dort jamais », j'avais besoin de changer d'air, de repartir à zéro. Une rupture douloureuse avec mon amour de jeunesse a été une raison supplémentaire pour envisager des études « longues distances ». Ce sont mes parents qui ont été les plus inquiets. Me voir quitter la maison familiale pour me retrouver à des centaines de kilomètres, seule, n'a pas été très facile pour eux. Surtout pour ma mère. Mais aujourd'hui, tout va pour le mieux, ils sont plutôt fiers de mon parcours, et ravis de constater que je me suis bien intégrée à la vie citadine. Nous nous appelons très souvent, et cela leur permet également de venir visiter New York de temps en temps.

J'arrive au bout d'une heure aux EastSide Sound Studios. Lorsque je franchis la porte d'entrée du bâtiment, je me retrouve comme prise de panique. Imaginez que Matthew soit là ! Han, mais c'est vrai que je n'ai absolument pas pensé à cette éventualité... Imaginons que la rumeur soit vraie, et que Matthew ait déjà commencé l'enregistrement de son album. Alors peut-être est-il déjà à l'intérieur, quelque part, ici, dans ce grand bâtiment. Oh mon dieu ! Et moi qui suis partie comme une flèche de mon bureau, je n'ai même

pas pris le temps de repasser à mon appart pour me changer ou pour me refaire une beauté... Je jette vite fait un coup d'œil à ma tenue. J'en avais même oublié ce que je portais. Je profite du reflet d'une porte vitrée pour visualiser rapidement de quoi j'ai l'air, et je me dirige vers le bureau d'accueil.
- Bonjour! Lisa Fox de *Life Star*. Je suis à la recherche d'une information. Peut-être pouvez-vous m'aider ?
La jeune femme blonde qui se trouve de l'autre côté du bureau d'accueil me paraît bien jeune pour connaître Matthew. Je lui montre ma carte professionnelle pour attester de mon identité.
- Bien sûr ! Que puis-je faire pour vous ? me répond-t-elle avec un grand sourire.
Je me rapproche un peu plus d'elle afin de lui parler plus discrètement. Je ne voudrais pas que quelqu'un d'autre entende ce que j'ai à lui demander.
- J'ai entendu dire ...que Matthew Spencer viendrait enregistrer son nouvel album dans vos studios... Est-ce que vous pouvez me confirmer cette information ?
Comprenant que je cherchais à être discrète, cette jeune hôtesse d'accueil, se rapproche également un peu plus de moi pour me répondre.
- Oui, chuchote-t-elle. C'est vrai !

Oh mon dieu, je manque de hurler de joie à sa réponse.
- C'EST VRAI ??? .. enfin.. je veux dire …vous me confirmez ?... Je sais bien que vous n'êtes peut-être pas autorisée à en parler… mais pouvez-vous m'en dire plus sur la sortie de cet album ?
- En effet, je n'ai pas trop le droit de donner ce genre d'informations… mais tout ce que je sais, c'est que Mr Spencer est resté à nos studios pendant près de six mois… mais je ne sais pas si son album est terminé ou s'il devra revenir.
Oh non ! la douche froide. Je l'ai manqué. J'ai manqué Matthew !
- C'était quand ? je lui demande déçue.
- Oh…euh ça doit faire à peu près …trois mois…
Trois mois ? Il était ici il y a TROIS MOIS ? Mais où est-ce que j'étais, moi, il y a trois mois ? Pourquoi je n'ai pas eu cette info plus tôt ? Aaargh ! je suis énervée.
- OK ! ….Merci beaucoup !
Et je repars, toute déçue, d'apprendre que Matthew est resté ici pendant six mois, et que je n'étais même pas au courant. Maintenant, il est parti ! Je l'ai manqué ! Et si son album est terminé, cela signifie qu'il va bientôt l'annoncer à la presse, et peut-être même partir en tournée… Les crises d'hystérie vont recommencer, et il sera de plus en

plus difficile de l'approcher… Ouh la, je réagis comme la midinette que j'étais il y a vingt ans… mais je suis dans la presse ! De par mon métier, je serai très certainement amenée à le rencontrer. Bon, il est clair que tant que la nouvelle n'est pas officielle, il sera plus facile de le solliciter pour une interview… Donc si cela fait déjà trois mois qu'il a terminé, cela signifie qu'il n'y a plus un instant à perdre, et qu'il me faut le rencontrer avant que toutes les autres journalistes soient à ses trousses. Il faut absolument que je trouve qui est son agent. Au plus vite. Donc je laisse ma déception de côté, et je me dépêche de rentrer au bureau pour commencer mes recherches. Allison est celle qui peut m'aider. Elle connaît personnellement un bon nombre d'agents de stars. Elle saura certainement me trouver celui que je cherche.

Pfff ! quelle journée ! Je rentre péniblement chez moi en état de fatigue totale. J'ai cherché toute la journée à savoir qui pouvait être l'agent de Matthew. Et malgré les nombreuses connaissances d'Allison dans ce milieu, impossible d'en savoir plus. Personne ne travaille pour Matthew. Personne ne connaît son agent. J'ai dû passer une cinquantaine de coups de fils, envoyer une centaine de mails. Rien. Aucune trace nulle part. Personne ne sait comment contacter Matthew Spencer. C'est inimaginable ! Je ne sais vraiment plus comment faire. Je suis démoralisée. La journée s'annonçait si bien pourtant. J'étais sûre qu'il allait se passer quelque chose d'incroyable aujourd'hui. Et j'avais raison. L'annonce de cette nouvelle concernant un retour de Matthew dans le milieu de la musique m'avait rendue euphorique ce matin…mais à présent, c'était tout l'inverse. Mon extrême positivité de ce début de journée s'est transformée maintenant en un extrême désarroi. Je me sens impuissante. C'est un sentiment affreux. Donc, il ne reste plus qu'à aller me coucher, et tenter de trouver le sommeil malgré cette énorme frustration.

CHAPITRE 2

Le lendemain matin, le réveil est très difficile, mais la motivation reprend vite le dessus. Il faut, qu'aujourd'hui, je trouve exactement ce dont j'ai besoin : un contact ! Je vais remuer ciel et terre pour entrer en contact avec Matthew. L'équipe est déjà au complet lorsque j'arrive au bureau. Et Betty, qui s'était retrouvée désolée, la veille, de me voir rentrer bredouille, est plus que décidée à m'aider dans mes recherches.
- Coucou toi ! Alors bien dormi quand même ? me demande-t-elle d'une petite voix.
- Oh la la ne m'en parle pas ! Je n'ai pas fermé l'œil de la nuit ! J'ai repensé à cette journée toute la nuit…

- Alors écoute ça, je viens tout juste de recevoir un message de Jason Clint... tu sais, le gars que j'avais rencontré à la soirée des Grammy Awards..
- Oui, je crois que je me souviens... le musicien ?... c'est ça ?
- Oui, c'est ça ! enfin bref ...Et bien figure toi, que son pote, Dany, musicien lui aussi... a travaillé avec Matthew sur son dernier album !
Betty me débite sa phrase aussi vite qu'il me faut quelques secondes avant de comprendre ce qu'elle vient de me dire. Et là, je ne peux m'empêcher de hurler tant cette nouvelle est la meilleure nouvelle que j'attends depuis hier.
- QUOI ????!!!
Betty et moi hurlons de joie comme jamais. Nous nous mettons toutes les deux à danser comme des folles tellement nous sommes heureuses. Toute l'équipe se demande ce qu'il se passe.
- Non ! Mais tu imagines !... je dis encore toute excitée. Oh mon dieu, c'est pas vrai ! j'ai un contact ! J'AI UN CONTACT !... Han.... Betty ? ...dis-moi que tu as un contact !
- Alors... pas encore, ...mais Jason a promis de me rappeler dans la matinée !
Mince ! voilà que la déception repointe le bout de son nez. Je m'empresse de regarder ma montre. 9h. Il n'est que 9 heures. La matinée risque d'être

longue si ce Jason ne rappelle qu'à midi. Je ne tiendrais jamais jusque-là.

- Betty ! Il faut absolument que tu essaies de rappeler Jason, je lui demande en la suppliant.

Betty me regarde d'un air désolé en me voyant l'implorer de cette façon, mais au final elle finit par se résigner.

- Bon,... je sens bien que je vais devoir accepter un nouveau rendez-vous avec Jason, si je dois le harceler comme ça... mais ok, c'est bien parce que c'est toi...

- Oh merciiiii ! ma belle, tu es la meilleure !

Je lui saute au cou pour l'embrasser, puis je lui prends la main pour qu'elle me suive de suite dans mon bureau. Betty prend son téléphone et sans attendre une minute de plus, compose le numéro de Jason. Ça sonne. Une sonnerie..., deuxième sonnerie... troisième sonnerie... han ! quelqu'un décroche !

- Salut Jason, c'est Betty !

Je n'entends pas ce que dit Jason, mais à l'attitude de Betty, je devine qu'ils sont plutôt ravis de se parler tous les deux. Elle n'arrête pas de tortiller ses longues mèches blondes tout en se trémoussant sur son siège. Après quelques civilités à la limite de la drague, Betty en vient au fait : les coordonnées pour joindre ce Dany. Je vois alors Betty se saisir d'un bout de papier et d'un stylo pour y griffonner dessus. Cela semble être plutôt bon signe ! J'attends encore cinq longues minutes pour que Betty termine sa conversation et raccroche. Je suis suspendue à ses lèvres et n'attend qu'une seule chose : qu'elle me raconte ce que Jason lui a dit. Et en effet, le numéro de téléphone qu'elle vient d'inscrire sur ce bout de papier, est bien le numéro de portable de ce Dany ! Dany, bassiste, a effectivement travaillé sur le dernier album de Matthew, et continuera avec lui sur la prochaine tournée lorsque l'album sortira. C'est exactement le genre de nouvelle qu'il me fallait. Le contact d'un des musiciens de Matthew. Je suis trop contente !

A mon tour donc, je prends mon téléphone, et je compose le numéro de Dany. Non sans une certaine appréhension tout de même, car même si je ne m'adresse pas directement à Matthew, il faut que je fasse bonne impression auprès de ce musicien pour qu'il accepte ensuite de me mettre en relation avec Matthew. Je commence à ressentir le stress, lorsque la sonnerie se met à retentir dans mon téléphone. Je n'ai même pas pris le temps de préparer ce que j'allais dire. Je n'envisage même pas la possibilité de tomber sur la messagerie. Je fonce.

Soudain, quelqu'un décroche.

- Allo ?
C'est une voix à moitié endormie qui me répond.
- Allo ! Dany ?
- mmmh ! ...qui c'est ?
- Oh ... euh bonjour Dany... on ne se connaît pas... je suis une amie de Jason... c'est lui qui m'a donné votre numéro.
- mmmh ...
Le moins que l'on puisse dire, c'est qu'il ne semble pas très bavard.
- Bah voilà... en fait... je vous contacte... car je travaille pour le magazine *Life Star*, ...et Jason m'a dit que vous collaborez actuellement avec Matthew Spencer pour son nouvel album ?
- mmmh ...
- euh... le magazine aimerait faire un reportage sur vous... enfin sur le groupe, quoi...est-ce que vous accepteriez de m'accorder une interview pour parler de l'album ?
Je perçois le bruit d'un homme tirant sur sa cigarette.
- Aaah... écoutez ma belle... c'est pas moi qui m'occupe de ça... Vous devriez appeler Matthew directement...
Ah Ah quelle bonne blague ! C'est vrai que je n'y avais pas pensé, tiens ! Ce Dany est un génie... !

- Oui... bien sûr... mais comment je peux joindre Matthew ? Est-ce que vous pouvez me donner un contact ?
Cette question amène forcément une réponse positive. Et là le stress me reprend.
- mmmh... mouais... je vous l'envoie, ok ?
- ... OK ! .... Merci beaucoup Dany ! je lui réponds en essayant de contenir ma joie.

Je raccroche. J'espère maintenant que ce Dany ne va pas se louper, et bien me transmettre le numéro de Matthew. Le numéro de Matthew ! ça alors ! Je n'en reviens pas. Je suis vraiment à peu de chose d'atteindre mon but...
Betty me regarde avec des yeux complétement exorbités, en se demandant bien ce que Dany a pu me dire.
- Alors ?
- Et bien, ...Dany m'envoie son numéro de portable ! je lui dis en essayant de paraître le plus calme possible.
Mais à l'intérieur de moi, c'est un mélange énorme d'excitation, de panique et de joie qui ne demande qu'à s'exprimer. Il faut que je me contienne, car tant que je n'ai pas reçu ce numéro, tout est encore possible.

Et fort heureusement, je n'ai qu'à attendre quelques secondes, avant que mon portable se mette à vibrer en mode sms. Je suis complétement paniquée à l'idée de lire le message. Je demande à Betty de l'ouvrir pour moi. Et lorsque je vois son magnifique sourire apparaître, je ne peux m'empêcher d'hurler de joie. Merci Dany ! J'ai envie de l'embrasser tellement je l'aime ce bienfaiteur. Même si je ne le connais pas du tout.

Alors maintenant, que j'ai le numéro, il faut penser stratégie. Je dois absolument préparer ce que je vais dire à Matthew pour paraître la plus professionnelle possible. Je ne dois absolument pas passer pour la groupie de service coincée vingt ans en arrière. Je dois être posée, calme, et très claire dans ma façon de m'exprimer. La première impression est capitale.

Donc, je planche tout le reste de la matinée sur la manière dont je vais me présenter, afin de ne rien oublier. Puis je saisis mon téléphone et compose fébrilement le numéro. En fait, je ne me sens pas prête, mais je ne dois pas attendre plus longtemps car sinon je n'y arriverai jamais. Chaque minute supplémentaire ne fait que rajouter des doutes à ma confiance en moi. C'est horrible de se sentir aussi déstabilisée. J'ai l'impression que le pire risque d'arriver. Je ne sais pas... imaginons qu'il soit parfaitement désagréable et qu'il m'envoie « bouler » dès le début de la conversation, par exemple. Ce serait vraiment une catastrophe si cela devait se passer ainsi. Mais bon, je dois affronter mes craintes et le contacter pour en voir le cœur net. Je prends une grande respiration. Je me concentre au maximum, et j'attends que quelqu'un décroche. Au bout de quelques secondes, c'est une boîte vocale qui se fait entendre. Oh non ! la messagerie ! Une messagerie automatique qui ne me confirme même pas que je suis sur le bon portable. Ce n'est même pas la voix de Matthew. Je suis déçue. Mais à la fois rassurée, car sa voix m'aurait certainement déstabilisée, donc c'est peut-être pas plus mal. Je me contente de lire le texte rédigé dans cette éventualité, et je raccroche. Je m'écroule dans mon fauteuil en poussant un énorme soupir de soulagement. Je me sens totalement épuisée tant j'ai ressenti de stress. J'ai l'impression d'avoir couru un marathon. Ouf, mais ça y est, je l'ai fait. J'ai contacté Matthew. Il allait écouter ce message, et j'espère me rappeler. Han ! et oui, et s'il ne me rappelait pas ? Je panique. Et bien je le rappellerai pensais-je pour me rassurer. Et je le rappellerai encore et encore jusqu'à ce que j'arrive à lui parler directement. Il pourra m'accuser de harcèlement s'il le souhaite, mais je finirai bien par lui parler ! Je suis déterminée à le rencontrer, et je vais tout faire pour y arriver !

Les jours se suivent et se ressemblent inlassablement. Matthew ne m'a TOUJOURS pas recontacté. Je suis dépitée, et surtout je reste en permanence accrochée à mon téléphone par peur de manquer son appel. Je dors avec mon portable, je mange avec mon portable. Je suis constamment en train de le regarder dans l'attente de voir son numéro s'afficher. Cela fait maintenant quatre jours, QUATRE longues journées qui se sont écoulées depuis que j'ai laissé mon message sur la boîte vocale de Matthew, et rien. Je n'ai eu aucune réponse. En même temps, quatre jours, ce n'est pas dramatique je pense. Enfin, toute personne normalement constituée ne trouverait rien d'alarmant à cette situation. Seulement moi, c'est de ma vie dont il s'agit. Cet appel va certainement bouleverser le reste de mon existence.

Ce soir-là, je rentre à mon appartement, et je m'apprête à aller me coucher, quand soudain... mon téléphone se met à sonner. Le numéro de Matthew s'affiche. Han... stupeur ! Je suis prise de panique. Ce n'est pas comme si je n'avais pas eu quatre jours pour me préparer à cette situation.

Qu'est-ce que je fais ? Je décroche ? Ou je laisse ma messagerie faire son travail ? Allez ! je prends mon courage à deux mains, et je décroche le téléphone.

Je marque un temps d'arrêt avant de répondre, afin d'essayer de percevoir le moindre bruit de mon interlocuteur.

- ….Allo ? je parle fébrilement.
- Oui, bonsoir ! Dylan Thorne, je suis l'agent de Matthew Spencer. Vous avez cherché à le joindre pour une interview dans votre magazine.

Ce n'est pas Matthew, mais son agent ! Oh mince ! quelle déception ! Je n'avais absolument pas pensé à cette éventualité. Dylan Thorne m'explique que Matthew a bien reçu mon message, mais pour cause d'agenda très chargé, il laisse le soin à son agent de presse de s'occuper de ce genre de rendez-vous. Alors on échange très rapidement sur la fabrication de cet album, et Dylan propose de me recontacter d'ici quelques semaines. Matthew doit partir à l'étranger pour quelques temps et ne sera donc pas disponible. Double déception pour moi, puisque je vais devoir attendre ce qui me semble être une éternité pour pouvoir le rencontrer. Décidemment, je joue de malchance.

J'essaie tout de même de soutirer quelques informations à Dylan au sujet de l'album, et d'une éventuelle tournée tout en jouant la carte de la franche camaraderie. Le courant passe plutôt bien avec Dylan, et le tutoiement s'installe naturellement entre nous. J'arrive à lui faire promettre de me recontacter en priorité, avant tous les autres magazines people, pour programmer cette interview. C'est toujours mieux que rien. Je me sens tellement frustrée de devoir patienter encore tout ce temps, qu'il me fallait bien tirer une petite satisfaction de cet entretien. Je raccroche, et je me mets à fabuler sur ce jour où enfin, je pourrai LE rencontrer.

Je me rends compte que je n'ai même pas cherché à savoir comment était Matthew depuis tout ce temps. Dans quel état d'esprit était-il, comment avait-il pris la décision de revenir, qu'avait-il fait pendant tout ce temps…

Toutes ces questions, je lui poserai certainement le jour de l'interview. Mais j'ai tellement de questions à lui poser.

Je me dirige vers ma bibliothèque pour y prendre le cahier que j'avais confectionné il y a plus de quinze ans. Dans ce cahier, j'y avais collé toutes les photos de Matthew que je découpais dans les magazines. Toutes les interviews, toutes les paroles de ses chansons… J'ai tout conservé. Je m'installe dans mon lit et je m'amuse à feuilleter ce cahier qui me rappelle tellement de souvenirs. Et tout doucement, mes yeux se ferment et je plonge dans un sommeil profond.

Les semaines qui suivent sont particulièrement longues. Mais de plus en plus chaque jour, j'entends parler du nouvel album à paraître de Matthew. Les médias commencent à se lâcher et le cycle infernal de la presse people commence à se mettre en marche. Chaque magazine y va de sa petite information exclusive pour se démarquer des autres. Je me sens parfois inquiète lorsque je lis le contenu de la concurrence. J'ai l'impression que tout le monde est en contact avec Matthew. Tout le monde….sauf moi. J'ai peur que Dylan Thorne oublie de me recontacter et que je me retrouve la dernière à décrocher une interview. Alors que j'ai été la première à le contacter. Dylan me l'a confirmé. Donc j'espère qu'il jouera franc jeu avec moi et qu'il me recontactera également la première. En attendant, je continue de mener l'enquête pour me tenir informée du parcours de cet album. Maintenant que la nouvelle est officielle, les indics ont beaucoup plus de matière à nous donner. Je me rends donc à mon bureau car j'ai besoin de faire un point avec l'équipe sur les dernières informations récoltées. Je suis sur le point de franchir l'entrée de l'immeuble, quand mon portable se met à sonner. C'est le nom de Matthew qui s'affiche. Oh mon dieu !.... je ne le crois pas... il me rappelle ! Les mains tremblantes, je décroche

- Bonjour Lisa ! Dylan Thorne à l'appareil !

Dylan avait tenu parole. Il me rappelait comme il était convenu quelques semaines auparavant.

- Bonjour Dylan ! Je suis ravie de t'entendre !

- Je te l'avais promis, n'est-ce pas ? Et pour l'instant tu es la première personne que je contacte. Matthew est rentré de Londres hier, et il est à présent disponible pour commencer les interviews presse. Alors, voilà, je te recontacte...

- C'est super ! Je peux vraiment compter sur toi ! Tu ne peux pas savoir à quel point je t'en suis reconnaissante...

- Mais une parole est une parole ...alors quand pouvons-nous fixer cet entretien ? ...Est-ce que demain, tu pourrais être disponible ?

- ...Demain !?... Oh ! ...euh !... oui, bien sûr !

Je ne prends même pas la peine de consulter mon agenda, je serai disponible quoi qu'il arrive. Je ne vais tout de même pas faire la difficile...

- OK ! Alors retrouvons-nous demain après-midi à l'Empire hôtel à 16h !

- Et bien c'est noté, j'y serai !

Je raccroche, et là je commence à réaliser ce qu'il vient tout juste de se passer. J'ai rendez-vous avec Matthew Spencer demain après-midi !!! Je vais rencontrer l'homme le plus beau de tous les temps, l'homme qui physiquement me fait craquer depuis ma plus tendre adolescence demain après-midi ! Bon d'accord, ce n'est pas lui qui me donne rendez-vous, et cela n'a rien d'un rendez-vous amoureux... mais...c'est incroyable ! Je n'en reviens toujours pas !

Je reprends très vite mes esprits, et me précipite vers l'ascenseur pour de suite rejoindre l'équipe. Il faut que je leur annonce cette incroyable nouvelle. Et surtout, il faut tout mettre en place pour que l'interview se passe dans les meilleures conditions. Pas question de passer pour une amatrice. Il faut que je fasse la meilleure impression qui soit, si je veux réussir à nouer un lien professionnel durable avec Matthew ou bien dans le pire des cas avec Dylan.
En arrivant au bureau, je ne peux m'empêcher d'éclater de joie lorsque je raconte tout ce qu'il vient de se passer à Betty. Betty est extrêmement contente pour moi. Elle a bien compris à quel point, ce rendez-vous me tient à cœur, et ce que Matthew

représente à mes yeux. Notre conversation s'engage plus à parler de la tenue que je porterai plutôt que du contenu de l'interview. D'ailleurs, Betty m'incite rapidement à quitter le bureau pour commencer à me préparer plutôt qu'à me mettre à travailler. Betty se chargera des préparatifs avec David qui m'accompagnera pour les photos. Trop sympa mon équipe. Je sais que je peux compter sur eux, et qu'ils feront le nécessaire pour que tout soit organisé comme je le souhaiterais.

Je file donc au spa pour me faire bichonner quelques instants, puis je rentre à mon appart, pour me mettre au travail. Tout compte fait, j'opterai pour une tenue de ma garde-robe. Je ne voudrais pas paraître trop superficielle tout de même. Je choisis donc un jean foncé et un petit top noir bordé de dentelle que je porterai sous une petite veste tailleur de la même couleur. Une tenue sobre, mais classe, et qui tout de même valorise mes formes. Accompagnée d'une paire d'escarpins hauts talons de couleur rouge, ce sera parfait.

Maintenant que la tenue est déterminée, je m'installe confortablement dans mon canapé avec mon bloc-notes, et je rédige consciencieusement toute mon interview. Ce n'est pas trop difficile. J'ai l'impression de tellement bien le connaître, que les questions me viennent toutes seules à l'esprit. Ce n'est pas comme certaines de ces stars, où il est parfois fastidieux de lire tout un énorme cahier de presse qui nous permettra de rédiger une interview intéressante. Non là, aucun travail de recherche, toutes les questions me viennent spontanément ... je me demande même si j'aurais assez de temps pour toutes les lui poser... J'ai tellement de choses à lui dire.

CHAPITRE 3

Le lendemain matin, après une longue nuit d'insomnie due à l'excitation de cette rencontre, je décide tout de même de me rendre au bureau avant de partir pour cette interview. J'y retrouve David, avec qui je ferai la route. Betty est encore plus excitée que moi semble-t-il. Elle ne cesse de me sourire bêtement en poussant des petits cris. Ce qui ne m'aide pas du tout à me calmer. Bien au contraire…

Je ne tiens pas du tout à arriver en retard. Nous partons donc avec David plus de deux heures avant l'heure de rendez-vous dite. On ne sait jamais… l'hôtel n'est pas si loin, mais le trafic peut être très dense à ce moment de la journée. Donc, je ne veux absolument pas prendre de risques.

La route se fait dans le plus grand silence. Le stress commence à m'envahir. Et enfin, nous arrivons à l'hôtel. Je descends rapidement pendant que David cherche à garer la voiture. Je me dirige directement vers le réceptionniste pour qu'il m'indique le lieu de rendez-vous.

Dylan Thorne se trouve dans le salon d'accueil. Il vient à ma rencontre après que le réceptionniste lui ai fait un petit signe de tête.

- Bonjour Dylan ! je m'exclame.

La poignée de mains est chaleureuse. S'il savait à quel point je lui suis reconnaissante...

- Bonjour Lisa. Je suis ravi que l'on se rencontre enfin !

Il regarde sa montre.

- Mais... tu es très en avance, dis-moi !?
- Oui, je prévois toujours un peu de temps pour me mettre en place. Je suis venue accompagnée de mon photographe. Il nous rejoindra, il est en train de se garer. J'espère que ce n'est pas un problème ?
- Non pas du tout. Notre équipe sera là aussi.

Dylan m'invite à le suivre vers le salon qui nous servira d'accueil pour l'interview. Je trouve Dylan très sympathique. Il me semble très jeune tout de même pour être agent de star. 25 ans je dirais. Il doit débuter dans le métier, c'est peut-être pour cela que je ne le connaissais pas avant. Mais si c'est le cas, il dégage une telle assurance, que je devrais certainement entendre plus parler de lui dans l'avenir, je pense.

Nous arrivons dans un petit salon très intimiste. Les grandes baies vitrées sont ornées de rideaux de velours dans les tons bruns. Au sol, un parquet de couleur plus claire, avec quelques tapis par-ci et là pour délimiter les différents espaces de cette pièce. J'aime beaucoup l'ambiance très « cosy » qui y règne. Je pense que nous y serons très bien. Je pose mes affaires sur l'un des fauteuils, et je commence par réfléchir à la façon dont nous nous installerons pour cette interview.

J'ai, là, deux fauteuils et un divan de cuir noir autour d'une table basse en verre. Je serai tentée d'enlever les deux fauteuils pour ne garder que le divan afin de me rapprocher le plus possible de Matthew, mais… restons pro. Je souhaite qu'il se sente le plus à l'aise possible, alors je ne vais pas envahir de suite son espace vital. Je décale l'un des fauteuils pour le rapprocher de l'autre en tournant autour de la table basse. Je les tourne un peu plus l'un en face de l'autre, de façon à ce que la communication soit plus fluide. J'inviterai Matthew à s'installer sur celui qui est face à la baie vitrée. Ainsi David aura plus de lumière pour le photographier.

D'ailleurs le voici qui arrive. Le temps de sortir tout son matériel et d'effectuer les réglages de son appareil, je dispose quelques bouteilles d'eau et quelques verres pris dans le bar du salon, sur la table basse. Je reprends ensuite mes notes avant l'arrivée de Matthew. J'ai besoin de me concentrer sur quelque chose pour empêcher la pression de monter. Même si cela est très difficile. Je ne peux m'empêcher de regarder l'heure sur ma montre. Je n'arrête pas de remettre mes cheveux lâchés en place. Je scrute constamment mon miroir de poche pour m'assurer que mon mascara n'aurait pas coulé. Les minutes me semblent une éternité, et en même temps j'ai l'impression que je n'aurai pas assez de temps pour me sentir totalement prête.

Soudain, j'entends de l'agitation dans le hall de l'hôtel. Des voix, des pas. Plusieurs personnes viennent apparemment d'entrer. Mon cœur s'emballe. C'est peut-être lui... Je regarde ma montre. Il est 15h50. C'est sûrement lui ! Dylan entre dans le salon. Il est suivi de près par Matthew qui lui-même est suivi de près par un petit groupe de personnes qui n'arrêtent pas de s'affairer tout autour de lui. Son équipe, je suppose…. Mais le voilà ! Je n'arrive pas à croire ce que je vois. Matthew Spencer vient d'entrer dans la pièce où je me trouve. Il est à quelques mètres de moi maintenant. Le rendez-vous va vraiment avoir lieu. Je suis sous le choc. Je me suis pourtant préparée à cette rencontre ces derniers jours, mais j'ai comme l'impression que la petite adolescente hystérique que j'étais est en train de prendre possession de mon corps. J'ai envie de bondir, de hurler, de pleurer, de lui sauter dessus pour l'embrasser…tellement je suis heureuse de me trouver face à lui. Mais il faut que j'arrive à me contenir. Cette réaction ne serait pas très…professionnelle.

Matthew se rapproche de moi. Oh mon dieu ! Ce qu'il est beau ! Il est encore plus beau que dans mes souvenirs ! Son regard n'a pas changé. J'aurais reconnu ses yeux noisette entre mille. Son sourire toujours aussi enjôleur. Je craque. Il n'y a que la coupe de cheveux qui a peut-être changé. A l'époque, Matthew aimait porter les cheveux longs sur le dessus pour pouvoir les dégager en arrière en les bombant un peu. Aujourd'hui, ses cheveux bruns sont plus courts, un peu plus grisonnant sur les tempes, c'est vrai, mais je trouve que cela lui donne encore plus de charme. Mon cœur palpite de plus en plus fort. A tel point, que j'ai l'impression qu'il va sortir de ma poitrine. Je n'arrive plus à contrôler mes zygomatiques. Je ne peux plus m'empêcher de sourire.

Dylan se charge des présentations. Matthew me tend la main pour me saluer. Je lui réponds en tendant la mienne. Et là, c'est l'effet d'un électrochoc. Sa main est chaude... Et lorsqu'elle entre en contact avec la mienne, il y a comme un frisson qui me parcourt tout le long du bras. Ce qui a pour effet de me faire légèrement sursauter... J'espère que cela ne s'est pas vu...

- Hello ! me dit-il. Ravi de te rencontrer, Lisa !

Oohhhh cette voix ! Elle aussi je la reconnaitrais entre mille ! Cette voix si suave que j'écoutais sans cesse dans mon mp3 me fait toujours autant fondre à l'intérieur.

- Bonjour... je réponds timidement. Merci...de m'accorder... cette interview... Matthew. Je suis ravie...également...de te rencontrer...

Ouh la... il va falloir que je me reprenne et vite, autrement cette interview risque d'être le moment le plus pénible de ma carrière si je n'arrive pas à débiter plus de deux mots à la minute. Je ne voudrais pas que Matthew me prenne pour une incompétente, et qu'au final il décide ne plus faire appel à moi pour d'éventuelles futures interviews.

Je lui propose de s'assoir dans le fauteuil que je viens d'installer à son attention. Matthew enlève sa veste de cuir et s'installe confortablement dans le fauteuil. Oh mon dieu ! De nouvelles palpitations se font ressentir lorsque je devine son corps d'athlète sous son petit t-shirt noir moulant. Le temps ne semble pas avoir eu de prise sur lui à ce niveau-là... Il est toujours aussi sexy !

Je me dis que cette interview risque d'être vraiment très difficile pour moi. Je sens comme une espèce de chaleur m'envahir tout à coup !

Je m'assieds à mon tour. Je suis terriblement nerveuse. J'ai peur de m'embrouiller. J'ai peur de me perdre dans mes questions. Matthew a, lui, l'air extrêmement décontracté. A peine est-il installé dans ce fauteuil que toute sa petite équipe s'affaire autour de lui. La maquilleuse effectue une retouche pour la lumière, une assistante le briefe à l'oreille sur le planning, le photographe opère les marquages lumière près de son visage, Dylan supervise les opérations. C'est tout une fourmilière qui se met en action. Pendant ce temps, je décide de me plonger dans mes fiches pour m'assurer que tout est en ordre. Ma vue se trouble. C'est affreux ! J'ai l'impression que je commence à manquer d'air... Je ... Je suis en train de faire un malaise ou quoi... ? Alors je ne sais pourquoi, mais mon instinct

me pousse subitement à me planter la mine de mon stylo dans le haut de ma cuisse gauche. De façon si forte que la douleur prend le pas sur mon stress et a pour effet de faire redescendre toute cette pression qui s'accumulait en moi. Ouf, je me sens mieux tout à coup. Alors oui, j'ai horriblement mal au niveau de ma cuisse, mais mon rythme cardiaque redescend petit à petit. Mon stratagème fonctionne. J'espère seulement ne pas avoir grimacé au moment de mon acte d'auto-survie... Je regarde en direction de Matthew pour m'assurer qu'il ne s'est aperçu de rien. Et malheureusement, cela ne semble pas être le cas. Son air semble plus grave que tout à l'heure. Il ne sourit plus et me regarde d'un air ...inquiet.
- Est-ce que ...ça va ? me demande-t-il en se relevant légèrement de son fauteuil.
- ...Oh !... euh ... oui, oui, ça va ... ! je lui réponds en essayant de corriger ma position.
- Non, parce que ... je te trouve très pâle, d'un coup !
Oh mince ! Matthew remarque que quelque chose ne va pas... Vite, il faut que je fasse diversion... à moins que ...peut-être me porterait-il secours si j'étais prise d'un malaise... ? Humm quelle idée intéressante ! En plus d'être mon idole, il deviendrait... mon héros ! Humm j'aime beaucoup

l'idée… Mais bon, trêve de fantasme, je dois reprendre mes esprits au plus vite. Même si le fait qu'il ait pu remarquer que je ne me sente pas très bien me touche beaucoup.
- Oh ! ...non ça va ! c'est rien ! Je suis toujours un peu stressée avant de commencer une interview… mais ça va passer… ce n'est rien !
Tu parles ! quelle excuse bidon !
- Mais, il ne faut pas ! me rassure Matthew. Je suis sûre que tout va bien se passer…
Le petit sourire qu'il esquisse à la fin de cette phrase me réconforte énormément. Il est vraiment charmant ! Je n'avais aucun doute là-dessus bien sûr !
Il est à présent temps de commencer l'interview. Notre rendez-vous est chronométré et je ne veux plus perdre un seul instant de sa compagnie. J'ai tellement de questions à lui poser… Je dois l'interroger sur ce nouvel album, sa toute nouvelle carrière, son actualité… Bien sûr, on aborderait sa carrière passée. C'est inévitable.
Bientôt son aisance commence à me contaminer. Au fur et à mesure que je lui pose des questions, mes bafouillements disparaissent. Mon rythme cardiaque s'apaise. Je me sens de plus en plus à l'aise. Le format interview disparaît petit à petit et laisse place à une simple discussion comme le ferait

deux amis. Discuter avec Matthew est un véritable plaisir. Je le sens passionné dans ce qu'il fait, et il parle avec beaucoup de ferveur de ses nouveaux projets. Je suis complétement envoutée par ses paroles, par sa voix...

Et déjà, cela fait plus d'une heure que nous discutons, lorsque son assistante se rapproche discrètement de lui pour lui faire signe qu'il était temps de partir pour son prochain rendez-vous. Je pense que je pourrais tuer cette assistante sur place, tellement je me sens bien en sa compagnie, et que je n'ai pas envie que cela s'arrête.
Matthew aussi semble surpris de constater que le temps imparti était déjà écoulé.
- Oh... je suis désolé... mais je dois partir maintenant.
Ces mots me brisent le cœur. Il se lève.
- C'était un réel plaisir de discuter. Je n'ai pas vu le temps passer je dois dire. dit-il.
Je me lève à mon tour.
- Idem. Je suis vraiment ravie de cette rencontre... vraiment !
- Je pense que l'on pourrait encore parler pendant des heures.
- Je dois dire que j'ai tellement de questions encore.

- Alors, peut-être que nous devrions prévoir … une deuxième interview, pourquoi pas ?

Non, je rêve ! Matthew me propose un nouveau rendez-vous là !

- Oh … euh… oh oui… bien sûr …avec plaisir …je serai vraiment ravie !

Voilà que mes bafouillements recommencent. Matthew sourit. Son sourire semble plus gêné cette fois. Je rougis. Je pense qu'il comprend à quel point je suis déstabilisée.

Je le regarde enfiler son blouson. Il va partir. Le stress me reprend. Mais cette fois, ce stress n'est pas bon. J'attends que l'on puisse se dire au revoir, et sans savoir si cette prochaine fois sera proche ou non. Une fois prêt à partir, Matthew se tourne de nouveau vers moi et me dit :

- Dimanche !.... Dimanche …je réunis quelques amis à l'Apollo Theater pour leur faire écouter les titres de mon album… Une espèce d'avant-première, quoi… c'est un événement privé… il n'y aura que des proches, quelques fans avec qui je suis resté en contact … et …ça me ferait plaisir …que tu viennes …

-… Dimanche !?...

Je suis surprise de cette invitation. Je ne m'attendais pas du tout à cela.

Matthew a dû ressentir mon choc, car il semble désolé de sa proposition.
- Oui... mais ...bien sûr, si ça te dit...
Si ça me dit ? Mais bien sûr que ça me dit !... Matthew m'invite à l'instant à venir l'écouter chanter en représentation privée, et il me demande si cela me plairait ?... On croit rêver ! Mais bien sûr que je viendrais !
- Oh... euh... oui ! avec grand plaisir ! Je viendrai !
Je ne peux m'empêcher d'esquisser un très large sourire tellement cette nouvelle me comble de joie. Matthew semble également très satisfait de ma réponse puisqu'il me sourit.
- Super !
Et sur ce dernier sourire, Matthew me salue tout en me souhaitant une bonne fin de journée et me rappelant que l'on se revoit dimanche. Toute l'équipe quitte aussitôt le salon juste derrière Matthew.
Je ne réalise toujours pas ce qu'il vient de se passer. Cet instant était comme hors du temps. J'ai passé plus d'une heure en compagnie de l'homme le plus sexy, le plus canon qui puisse exister sur cette planète... Je n'arrive toujours pas à le croire. Je suis sur un petit nuage. Non vraiment je n'y crois toujours pas ! David me ramène sur terre en me rappelant sa présence.

- Et ben dis donc ! Tu lui as fait une sacrée impression, dis-moi !

Je me laisse tomber dans le fauteuil.

- Tu crois ? C'est vraiment incroyable ce qu'il vient de se passer.

David me montre les photos prises sur son appareil. Elles sont toutes parfaites. Je revois le sourire de Matthew pendant cette interview. J'adore ! Les photos sont magnifiques. Prises dans l'action, elles soulignent parfaitement son charme naturel.

- David, tu as fait un super travail ! Je veux que tu m'imprimes toute la série, OK ? Et ça le plus rapidement possible !

- Ouh la ! Doucement ! J'ai pas mal de choses à faire avant ça !

- Laisse tomber le reste, cette interview est devenue notre priorité n°1 !

- Ouais, bah en attendant, moi ma priorité, c'est qu'il faut que je range tout mon matériel… alors tu ferais mieux de me donner un coup de main !

Ouh la ! Quelle humeur soudainement ! David ne semble pas avoir passé un moment aussi féerique que moi…. Il est toujours de bonne humeur d'habitude, et cela même lorsqu'il nous faut travailler dans l'urgence.

- Excuse-moi, David ! je lui réponds calmement. Je ne voulais pas te commander. Mais j'ai promis à ce

Dylan, que cette interview serait en ligne dès demain, et qu'elle paraitrait dans notre prochaine édition papier… c'est-à-dire après demain. Donc je ne voudrais pas manquer à ma promesse. C'est vraiment très important pour moi !

- Et pourquoi, est-ce aussi important ? réplique David d'un air méprisant.

- C'est important, c'est tout !

Je me sens légèrement gênée de répondre à cette question. Surtout venant de David. Pourtant, je sais qu'il peut être très souvent à l'écoute de nos émotions, mais là, c'est différent. J'ai tellement d'histoire avec Matthew… enfin uniquement de mon point de vue… que cela relève vraiment de mon intimité. Ce que j'éprouve pour Matthew fait partie de mon jardin secret. Je n'ai pas envie de le partager… enfin, pas maintenant… et surtout pas avec quelqu'un qui a cette attitude. C'est vrai quoi, que se passe-t-il tout à coup ? David semble réellement agacé. Mais qu'est ce qui peut le mettre dans cet état ?

- Qu'est ce qui se passe, David ? Ça ne va pas ? je lui demande tout de même un peu chagrinée.

- Si si ça va ! il répond en soufflant.

Puis il retourne à ses affaires. Bon, je décide de ne pas insister. De toute évidence, il ne semble pas disposé à parler lui aussi. Je vais donc faire comme s'il ne s'était rien passé, et continuer à réunir nos affaires. Puis nous rentrons au bureau.

Je ne perds pas un instant pour me mettre de suite à travailler sur la rédaction de mon article. Bien sûr, après avoir passé un interrogatoire en bonne et due forme. Surtout de la part de Betty qui piaffait d'impatience d'avoir tous les détails croustillants de cette rencontre, mais pas forcément sur le contenu de l'interview. Elle ne peut s'empêcher d'imaginer que ce deuxième rendez-vous n'a rien d'anodin. Que s'il m'a invitée à cette représentation privée, ce n'est pas simplement par gentillesse, et que certainement cela déboucherait sur un 3ème rendez-vous et ainsi de suite…. Quelle imagination cette Betty ! Alors oui, je suis plus qu'heureuse de cette invitation pour dimanche, et c'est vrai qu'il n'était absolument pas obligé de le faire étant donné que cet événement est privé. Mais de là à penser que c'est uniquement dans le but de me revoir… Est-ce que Betty ne s'emballerait pas un peu vite tout de même ?

CHAPITRE 4

Dimanche est enfin arrivé. Nous sommes à deux heures du concert et je suis aussi excitée qu'une puce. Je ne tiens plus en place. J'ai passé mon après-midi à me préparer. Je me suis appliqué un peu plus que d'habitude sur le maquillage. Non s'en trop en faire, mais une façon pour moi de montrer à Matthew, que je considérais son invitation comme un rendez-vous important. J'ai cherché à mettre mes yeux verts en valeur à l'aide d'un léger smoky prune, j'ai bouclé légèrement mes longs cheveux blonds pour avoir un effet wavy. Et maintenant que je suis fin prête, je tourne en rond dans mon appartement en jetant constamment un œil sur l'horloge de mon téléphone. Le temps me semble avoir ralenti. Est-il possible que je sois entrée dans une faille spatiotemporelle qui aurait par la même occasion figé le cours du temps ? J'enrage. C'est comme si les éléments se liguaient contre moi. J'ai l'impression que je n'arriverai jamais à cette soirée. Bien, il est inutile que je reste chez moi. Je n'arrive pas à me concentrer sur quoi que ce soit de toute façon tellement je me sens nerveuse. Donc autant que je parte pour l'Apollo Theater. Cette mythique salle de concert se trouve de l'autre côté de Central Park, mais cela ne me prendra que quelques minutes en taxi, et étant donné que nous sommes dimanche, il n'y aura pas trop de circulation. Si je me souviens bien de l'époque des premiers concerts de Matthew, les fans avaient pour habitude de faire le pied de grue pendant des heures devant la salle de concert, rien que pour avoir les meilleures places. Alors je ne sais pas s'il y aura beaucoup de fans ce soir, et si ces fans ont gardé la même ferveur qu'il y a quelques années, mais il vaut peut-être mieux en fin de compte que je me présente assez tôt pour être bien placée. Matthew m'a pourtant expliqué que cette soirée était consacrée à ses proches et quelques fans, donc il ne devrait pas y avoir trop de problème de ce côté-là, je pense. Mais je me cherche une excuse pour partir si tôt…

Et en effet, lorsque je descends du taxi qui me dépose juste devant le théâtre, il n'y a personne. L'endroit est désert. Je suis assez soulagée de ne pas me retrouver confrontée à une foule immense.

Je me dirige donc vers l'entrée, où je décline mon identité au personnel de l'accueil. Puis j'entre. J'entre dans cette salle immense, qui me rappelle tant de merveilleux souvenirs. Matthew s'est produit bon nombre de fois auparavant dans cette salle de spectacle, comme beaucoup d'autres très grands artistes d'ailleurs. Et je ressens toutes ces intenses émotions qui ont pu être partagées dans ce lieu. Ces milliers de jeunes fans, qui comme moi, sont arrivés, plein d'espoir, avec pour seul but d'apercevoir en chair et en os leur idole de toujours. Un frisson me parcourt tout le corps. Je me souviens…. C'est comme si c'était hier. Rien n'a changé. C'est très émouvant…

Je constate que l'ambiance est très calme. Quelques personnes sont en effet déjà arrivées, et patientent tranquillement en discutant entre elles. Aucune scène d'hystérie ne semble à déplorer. Je m'avance au plus près de la scène, et me place sur l'une des extrémités pour ne pas trop me retrouver engloutie par la foule qui ne devrait plus tarder. Ça y est ! J'y suis ! Ce n'est pourtant pas moi qui me produis sur scène, mais je commence à ressentir une espèce de trac au fond de moi. J'ai tellement hâte de le revoir, et à la fois tellement peur. Comment va se passer cette soirée ? Cette invitation était uniquement pour le concert, mais après ? est-ce que j'aurais à nouveau le privilège de lui parler ? M'a-t-il invitée dans le but de me revoir ? Ou est-ce que je rentrerai chez moi à la fin de ce concert, comme si de rien n'était ? Etant donné que ce sont uniquement des proches qui sont invités, tous connaissent donc Matthew et certainement voudront le féliciter à l'issue de sa représentation. J'ai peur qu'il soit très occupé, et je pense que je serai terriblement déçue si je n'arrive pas à le croiser durant cette soirée. Bon, arrêtons de faire des suppositions sur ce qu'il pourrait se passer ensuite, et tâchons de profiter du moment présent. Revoir à nouveau Matthew sur une scène suffit déjà à me combler de bonheur. Je suis impatiente ! Petit à petit la salle se remplit. J'observe les gens qui se massent autour de moi. J'essaie de deviner quel peut être leur lien avec Matthew. Famille ? amis ? fans ? Difficile à deviner. Mais ce qui est sûr, c'est que tout le monde semble heureux d'être là. Un peu plus loin, à l'autre bout de la scène, j'aperçois Dylan. Il doit être en train de s'assurer que tout se passe bien. Je tente de lui faire signe pour lui signifier ma présence. Par chance, il me voit et se dirige vers moi.

- Oh Lisa ! c'est super que tu sois là ! me dit-il.
- Je suis ravie d'être là ! Comment va Matthew ? je lui demande. Il n'est pas trop angoissé à l'idée de remonter sur scène ?
- Oh ! Ça va… répond Dylan, d'un air dubitatif… Mais je crois qu'il est beaucoup plus stressé qu'il ne veut bien l'avouer.
- Vraiment ?! Dis-lui bien que je suis de tout cœur avec lui, et qu'il n'a pas à s'en faire, je suis sûre qu'il sera formidable.

Dylan acquiesce, et me répond d'un clin d'œil. Puis après m'avoir souhaité un bon concert, retourne en coulisses. Dommage qu'il ne m'est pas proposé de le suivre….

La salle se remplit de plus en plus. Et il y a comme une espèce de tension qui commence à envahir la foule. L'heure est proche. Il ne reste plus que quelques minutes avant de voir apparaître… Matthew !!! Les musiciens s'installent. Quelques notes commencent à fuser. Les lumières balaient la scène de part et d'autre à la recherche de la star. La foule commence à crier et à scander le nom de Matthew. Tout semble fin prêt. Il ne manque plus que …lui ! Et le voilà ! Sous des tonnerres d'applaudissements et de hurlements, Matthew fait son apparition sur scène. Il est diaboliquement beau ! Dans ce petit pantalon en toile noire et cette chemise blanche, très simple, mais très classe, entrouverte légèrement sur son torse parfaitement musclé. Je chavire. Matthew est plus sexy que jamais. Son look est beaucoup plus sage qu'auparavant, mais j'adore ! Je suis à nouveau conquise même après toutes ces années. Les premières notes de musique résonnent, et Matthew s'embarque immédiatement dans quelques pas de danse, ce qui a le don de faire hurler encore plus toute l'assistance. Matthew sait comment plaire à son public ! Puis il porte le micro à sa bouche et se met à chanter. Mmmmm, cette voix ! Quelle voix ! Je n'ai qu'à fermer les yeux, et je me retrouve plongée des années en arrière. Cette voix que j'ai si souvent écoutée, qui a si souvent résonnée dans mes oreilles ! Cette voix n'a pas changé. Je la reconnaîtrais entre mille c'est certain. Quelle douce mélodie ! Je me sens totalement fondre à l'intérieur. Matthew n'a vraiment rien perdu de son talent. Il est toujours aussi présent sur scène. Je suis en totale admiration. Je n'arrive même plus à le quitter du regard tellement je suis hypnotisée par son charisme. Et pendant plus d'une heure, Matthew enchaîne chorégraphies et vocalises exceptionnelles pour faire honneur à son public. Les fans sont en transe. Cela se voit tout à fait qu'il y met toute son énergie. Il ruissèle de sueur. Ce qui n'enlève rien à son sex-appeal. Il est parfaitement incroyable ! Les fans ne peuvent être que comblées.

Puis malheureusement la fin de la prestation arrive. C'est étonnant, mais ce moment que je redoutais tant auparavant, me procure aujourd'hui une espèce d'adrénaline. Se peut-il que cette fois, la fin soit différente ? Que je ne me contente pas de rentrer chez moi avec pour seule compagnie le blues de la fin de concert ? J'ai le pressentiment que non. Je ne sais pas pourquoi, j'ai l'intuition que ma soirée n'est pas encore terminée. A plusieurs reprises, j'ai bien remarqué que Matthew avait lancé quelques regards dans ma direction. Est-ce que je me trompais ? Je sais bien que je n'étais pas la seule dans le public, mais j'avais vraiment l'impression que ses regards m'étaient destinés. Je me suis même sentie troublée à certains moments, tant il était insistant. Enfin, bon, je ne dois pas oublier que je suis journaliste, et peut-être que Matthew voulait juste s'assurer que le concert me plaisait pour que je puisse éditer un article favorable. Alors même si cela est le cas, il aura certainement besoin de recueillir mon avis à la fin de la soirée…Donc je reste optimiste.

Matthew remercie tout le public de s'être déplacé pour lui ce soir. Il remercie tous ceux qui ont continué à croire en lui durant toutes ces années. Tous ses proches sont là et l'applaudissent pour l'encourager. L'émotion est palpable dans ses yeux. Matthew ne peut le cacher. Cette scène est très touchante. Je suis moi-même très émue par la sincérité de son discours et par l'ovation que son public lui fait en retour. Il faut bien quelques minutes avant que Matthew ne quitte la scène. Je suppose qu'il souhaite profiter de cet instant au maximum. Et c'est bien normal. Nous aussi nous profitons de ces derniers instants avec lui. Puis Matthew disparaît en coulisses. Non sans avoir regardé une dernière fois dans ma direction. Cette fois j'en suis certaine !

Je reste là sans bouger. J'ai besoin de me remémorer tous ces précieux instants dans ma tête. Je ne veux rien oublier de ce concert. Je veux garder en mémoire chaque minute. C'est alors que Dylan réapparait depuis les coulisses et se dirige directement vers moi.

- Lisa ! Alors comment as-tu trouvé le concert ? me demande-t-il.

- Oh... C'était SUPER ! C'était FAN-TA-STIQUE ! ....
C'était ...

Dylan ne peut s'empêcher de sourire en m'écoutant aussi enthousiaste. Je réalise moi-même que ma joie risque à tout moment de déraper si je ne me calme pas de suite.

- Comment va Matthew ? je demande histoire de reprendre un peu mon self-control.
- Matthew va bien ! Il est très content ! Tout s'est bien passé, les gens sont venus... Il est ravi !
- Super ! Je suis vraiment très heureuse pour lui ! Dis-lui bien que j'ai passé une SUPER soirée, et qu'il était tout à fait ...GRAN-DIOSE !
- Mais... si tu veux, tu pourras lui dire toi-même ! Matthew souhaiterait te voir ! C'est possible que tu l'attendes quelques instants ?

Il me demande si JE PEUX attendre Matthew quelques minutes ? Non mais je rêve ! Matthew souhaite me voir, et Dylan me demande si je suis d'accord ???? Je sais bien que Dylan ne peut absolument pas se douter de l'admiration que j'ai pour Matthew, mais vraiment je pensais que cela se devinait rien qu'à mon excitation !

- Euh ... bien sûr ! je tente de feindre l'hésitation tout de même.

- OK ! Alors tu m'attends là, je reviens te chercher dans quelques instants !

Pas de problème, je vais attendre ! Je ne bouge pas d'I.C.I. Tout comme la plupart du public d'ailleurs. Je remarque que la salle s'est très peu vidée. Le public doit certainement attendre l'after. Dylan m'a expliqué qu'un cocktail serait organisé à la fin du concert. Soit ! mais si tout le monde attend Matthew comme moi, cela risque d'être compliqué de lui parler plus que quelques minutes.

Je n'en reviens toujours pas que Matthew ait demandé à ce que je l'attende. J'espère vraiment que ce n'est pas pour les raisons professionnelles auxquelles je pensais tout à l'heure. Cette idée commence tout de même à m'angoisser de plus en plus. J'ai hâte que Dylan revienne me chercher car si j'attends plus longtemps je pense que j'aurais le temps de faire défiler tout un tas de scénarios différents qui n'arriveront probablement pas à faire redescendre ce stress. Mais c'est chose faite au bout de quelques minutes. Dylan me fait franchir la barrière de sécurité qui m'autorise à accéder aux coulisses et me demande de le suivre. Ce que je fais sans discuter. Dylan presse le pas. J'essaie de tenir la distance. Je ne voudrais pas me perdre dans ce dédale de couloirs étroits. Et au fur et à mesure que nous marchons, mon cœur se met à battre de plus en plus vite. Je m'attends à voir surgir Matthew à chaque instant. Puis Dylan s'arrête devant la porte fermée d'une loge. Il semble que nous sommes arrivés. Dylan me fait signe d'attendre de la main, pendant qu'il entrouvre la porte pour s'assurer de ne pas arriver à un moment inopportun.

Je profite de cet instant pour m'assurer d'être toujours présentable. Je brosse rapidement de la main mes vêtements. J'ai opté pour une tenue légère ce soir, un jean slim noir, un petit top à bretelles couleur gris perle, une petite veste en cuir mi-saison de couleur gris plus foncée, des bottines noires ceinturées de petits clous...un look rock'n roll décontract, tout à fait de circonstance. Je balaie délicatement la frange au-dessus de mes yeux, et je prends une grande respiration. Dylan ressort de la loge et me fait signe d'entrer. J'entre. Matthew est là. Il se tient tout juste devant moi, emmitouflé dans un énorme peignoir blanc, tenant une bouteille d'eau à la main. Il semble complétement exténué. Quelques gouttes perlent encore sur son front. Exténué peut-être, mais il esquisse un très large sourire qui efface de suite les traits fatigués de son visage. Même dans cette tenue, Matthew reste très sexy. Je me sens tout aussi intimidée que le jour de l'interview.

- Hi Lisa ! lance-t-il en se dirigeant vers moi. Je suis vraiment ravi que tu aies pu venir !

Je sens mes joues s'empourprer.

- Merci encore pour l'invitation. J'ai vraiment passée une très agréable soirée ! Le concert était vraiment gé-nial !
- C'est vrai ? ça t'a plu ?
- Oui, c'est vrai ! Tout était parfait ! Je pense que le public a lui aussi été conquis. Tout le monde criait, tout le monde dansait. Il y avait une ambiance de dingue ! Cela m'a rappelé le concert de 2005 j'ai retrouvé la même connivence que sur ce dernier concert. C'était tout à fait incroyable ! Comme s'il n'y avait jamais eu de pause entre ces deux dates, en fait...

Je m'aperçois au fur et à mesure que je parle que je suis tout à fait en train de me dévoiler...Je viens tout juste de lui avouer sans le vouloir avoir été présente à l'un de ses concerts. Et lorsque Matthew se tourne vers Dylan, leurs sourires complices me laissent comprendre que ce détail a bien été remarqué.... Oh mince, je me sens encore plus mal à l'aise maintenant. Non pas que je ne voulais pas dire à Matthew que j'étais une de ses plus grandes fans autrefois, et que je continue à l'être encore maintenant. Mais je ne voulais pas qu'il pense que j'étais intéressée. Je me souviens que Matthew avait autrefois déclaré à la presse qu'il était clair pour lui qu'il ne pourrait jamais « sortir » avec l'une de ses fans. Il lui était trop difficile de deviner la réelle nature de leurs sentiments, et pour lui qui est particulièrement sensible au fait d'être apprécié pour lui-même et non pour sa notoriété, cela n'était pas du tout envisageable.

J'ai toujours cru, dans mes rêves les plus fous, que je serais celle qui arriverait à lui faire changer d'avis à ce sujet, mais malheureusement je n'ai jamais pu l'approcher jusqu'à maintenant. Peut-être qu'aujourd'hui Matthew pourrait changer d'avis…J'espère seulement qu'il ne m'en voudra pas d'avoir omis de lui parler de ce « détail ». Ce qui ne semble pas le contrarier en fait, puisque Matthew garde son magnifique sourire.

- Je suis ravi que cela t'ait plu ! ajoute-t-il. Lisa, je me demandais…si …tu aurais un peu de temps à me consacrer…ce soir ?

C'est drôle, j'ai l'impression que Matthew se sent tout gêné à présent en me posant cette question. Il ne cesse de triturer le bouchon de sa bouteille d'eau. A ce moment, Dylan quitte la pièce, et nous ne sommes, à présent, plus que tous les deux.

Je suis assez surprise de sa question. Essaie-t-il de me donner rendez-vous ou veut-il organiser une interview sur le pouce, ici, dans sa loge ?

- Je sais bien que nous sommes dimanche soir, et que tu ne souhaites peut-être pas parler travail ce soir... mais puisque tu es venue, je me suis dit que l'on pourrait en profiter pour continuer l'interview de l'autre jour, non ?

Cette fois, c'est moi qui me demande si ce n'est pas lui qui est « intéressé »...

- Oh ! ... mais bien sûr ! ...Pourquoi pas ! Je n'avais rien prévu d'autre de toute façon !

Matthew sourit. Peut-être a-t-il compris que ma vie personnelle n'est pas des plus passionnantes en ce moment. Quant à moi, je serais ravie de faire des heures supplémentaires.

- J'ai toujours un bloc-notes sur moi, cela tombe très bien ! Je rajoute en m'installant sur le canapé face à lui.

- Mais peut-être que nous pourrions le faire autour d'un repas ? me demande Matthew. Après un concert, j'ai souvent très faim... et je connais un petit restau italien tout près d'ici, donc... si ça te dit, bien sûr ?

Matthew est en train de m'inviter à sortir, là ? Je ne rêve pas ! L'interview n'est qu'un prétexte, non ? C'est vrai quoi, il suffirait de s'asseoir quelques minutes, d'échanger autour de cette bouteille d'eau, et l'article peut être écrit tout de suite après.

Mais Matthew me propose de nous rendre dans un restaurant pour discuter forcément plus de cinq minutes, ce qui pour moi ressemble beaucoup plus à un rendez-vous. J'hallucine ! J'espérais lui parler quelques instants en arrivant à cette soirée, mais je n'imaginais pas que cela puisse prendre cette tournure.

- Bien sûr ! ...Avec grand plaisir ! je lui réponds tout en tentant de réaliser ce qu'il vient de se produire.
- Super ! Alors, je me change et nous y allons ?

J'acquiesce d'un large sourire, et quitte la loge pour l'attendre dans le couloir. Je suis sous le choc. Mais le brouhaha de la salle qui résonne dans ce couloir me ramène très vite à la réalité. Mais comment compte-t-il faire pour partir ? Toute la foule attend certainement que Matthew revienne pour commencer cet after pourtant prévu. Il n'aurait tout de même pas oublié ?! Je n'aurais pas la prétention de dire que je lui ai certainement fait tourner la tête au point d'en oublier cet événement qui est certainement pour lui très important ? L'envie de retourner dans la loge pour lui poser la question me brûle. Mais il doit être en train de se changer maintenant. Je ne voudrais pas le surprendre sous sa douche…Bon… si bien sûr, je pourrais ! Mais mieux vaut que je l'attende bien sagement et nous verrons à ce moment-là ce qu'il va se passer.

C'est au bout de quelques minutes seulement que Matthew sort de la loge. Douché, changé, les cheveux encore légèrement humides, il est encore plus beau que tout à l'heure. Jean noir, t-shirt blanc, et veste en cuir marron foncé, baskets blanches. Son parfum aux notes épicées mélangé à la senteur du cuir de sa veste m'envoute. Mmmm !

Matthew m'explique qu'il doit tout de même faire une apparition de quelques minutes à cet after organisé après ce concert. Ce qui est compréhensible. Et qu'ensuite, nous pourrons nous éclipser pour rejoindre ce restaurant.

- Mais cela ne t'ennuie pas de ne pas rester ?... Je veux dire... toutes ces personnes qui sont là... sont venues pour te voir, non ?

- Pas de soucis ! Ce sont essentiellement des proches, et des membres de la famille qui sont là ce soir. On a pour habitude de se voir très fréquemment, donc ils ne me tiendront pas rigueur de les laisser continuer la fête sans moi. De plus, ma sœur a prévu une autre petite fête demain soir en mon honneur, donc nous nous verrons demain.

Matthew fait son entrée dans la salle. Tout le monde l'acclame une nouvelle fois. Certains viennent de suite le féliciter chaleureusement en le serrant dans leurs bras, d'autres s'empressent de lui faire une ovation. Je reste en arrière-plan pour ne pas le gêner et le laisse profiter de cet instant. Il semble si heureux entouré par les siens. Il tente de saluer le maximum de personnes, mais la foule est trop nombreuse. Il lui faudra sûrement plusieurs heures avant de pouvoir arriver à voir tout le monde. Alors Matthew remonte sur la scène afin de s'adresser à tout le monde d'une manière plus générale. Il les remercie à nouveau d'être tous venus aussi nombreux, et qu'une fois encore il se sent soutenu dans ce qu'il entreprend et c'est ce qui le touche profondément. L'émotion est à nouveau palpable. Matthew est à fleur de peau, et décide de couper court à ce discours en rappelant qu'une nouvelle soirée est organisée demain soir, mais que pour l'heure des raisons professionnelles l'obligent à les quitter. Raisons professionnelles ? C'est moi la raison professionnelle ? Le public l'applaudie une dernière fois, et Matthew me retrouve à l'entrée des coulisses. Il m'indique par où nous pouvons sortir, et nous quittons tous les deux l'Apollo Theater. A l'extérieur tout est calme. Il n'y a plus aucun bruit. Cela faisait plusieurs heures maintenant que nous étions imprégnés de ces sons en tout genre, cris, applaudissements musique, et là à peine nous sommes sortis que nous nous retrouvons enveloppés de ce silence d'une ville dans la nuit. Le contraste est saisissant, presque déstabilisant tant il reste un bourdonnement dans nos oreilles. Ce qui nous incite à continuer de parler à voix haute. Nous réalisons vite que cela n'est plus utile, au contraire. Matthew m'indique le chemin à suivre pour nous rendre dans ce petit restaurant qu'il dit bien connaître. Un restaurant italien qui se trouve à quelques mètres, où il avait ses habitudes à chaque fois qu'il se produisait dans cette salle. Le patron, qui s'appelle Marco, est devenu l'un de ses très bons amis à la longue. Et même si Marco n'a pas pu être présent ce soir, pour des raisons professionnelles évidentes, Matthew et lui ont gardé de très bonnes relations. C'est donc tout naturellement que nous nous dirigeons vers ce restaurant en déambulant tranquillement sur le trottoir. L'air est agréable, les rues sont calmes, il y a très peu de monde à cette heure-ci, bien que nous soyons en plein cœur d'un quartier très animé. Nous marchons lentement histoire d'entamer la conversation, car en effet, d'où je suis, je peux déjà apercevoir l'enseigne du restaurant. Nous échangeons quelques banalités sur le climat agréable à cette heure de la nuit, histoire de lever la timidité que nous semblons éprouvés maintenant que nous sommes enfin seuls. Puis, nous arrivons à l'entrée du « Babbalucci ».

Matthew m'invite à entrer, et de suite, le patron de ce restaurant ne manque pas de le reconnaître. Les deux amis se saluent alors chaleureusement en tombant dans les bras l'un de l'autre. Ces deux-là semblent vraiment heureux de se retrouver. Quel bonheur de voir Matthew si enthousiaste ! Ils échangent rapidement quelques banalités en prenant chacun des nouvelles de leurs familles respectives. Puis Marco, puisque tel est son nom, ne manque pas de féliciter Matthew pour son retour à la vie musicale. Ils se remémorent tous les deux, les fois où Matthew terminait la soirée dans ce restaurant après des concerts parfois très éprouvants. Une espèce de nostalgie s'imprègne de ces deux compères. Matthew s'occupe ensuite de me présenter à Marco. Et une fois fait, celui-ci nous installe à une table au fond du restaurant, à l'écart des autres clients. J'apprécie beaucoup cette attention !

Nous nous asseyons, Matthew et moi, l'un en face de l'autre. Marco nous offre un apéritif en l'honneur de ces retrouvailles, puis retourne rapidement en cuisine car le restaurant est bondé de clients. Matthew me recommande les capellini au pesto, la spécialité de cet endroit. Je me laisse tenter sur ses conseils.

La soirée est délicieuse en sa compagnie. Je finis par me sentir de plus en plus à l'aise avec lui, et j'ai comme l'impression que lui aussi. Cela me touche énormément, car le fait que je sois journaliste ne semble pas l'inquiéter au vu des confidences qu'il me livre. Je ne pose aucune question, je préfère laisser Matthew aborder le sujet qu'il souhaite. Ce qui n'est pas dans mes habitudes de journaliste, c'est vrai, mais je sens bien que cette « interview » ne prendra pas la tournure habituelle. Nous parlons de tout et de rien, mais aussi de sa carrière passée, de son avenir, de ses projets, ses envies, ses craintes... Matthew se confie à moi sans fard. Reprendre la vie médiatisée qu'il a eu pendant des années n'a pas été chose facile pour lui. Cet épisode de sa vie l'a tout de même beaucoup marqué. Se retrouver constamment harcelé par les fans, les journalistes, a été très traumatisant. Bien sûr, il garde également d'excellents souvenirs. Mais cela aura changé définitivement sa façon de vivre, son rapport avec les autres. Heureusement, il a toujours pu compter sur ses proches. Ils ont été son équilibre pendant toutes ces années. Ce sont eux qui l'ont soutenu dans toute sa carrière, et même quand la lumière s'est un peu estompée, ils ont toujours été présents auprès de lui. C'est ce qu'il lui a permis de ne pas sombrer dans la dépression. C'est vrai que l'on n'imagine pas, nous les fans, ce que ces « stars », mises en lumière et adulées par des milliers de personnes, peuvent ressentir le jour où tout s'arrête. On pense que la vie reprend son cours et que nos stars préférées savourent enfin le moment de mener une vie tranquille. Mais non. Matthew m'explique que même s'il est toujours resté dans le monde de la musique, cette descente dans l'ombre ne lui a pas permis de vivre dans la sérénité. Bien au contraire. Sa confiance en lui est retombée. Les doutes se sont installés. Avait-il bien fait de stopper sa carrière ? Une grande période de remise en question. Matthew a du énormément travailler sur lui pour accepter la situation. Mais voilà, ce travail a fini par payer, et après des années de labeur, il se sentait prêt à revenir auprès de ses fans, et pourquoi pas chercher à en reconquérir d'autres… Bien qu'il ne serait jamais sûr de lui à 100%, il était décidé à continuer à faire ce qu'il aime plus que tout au monde : la musique.

Ses paroles m'émeuvent. Je n'imaginais pas à quel point Matthew pouvait être aussi sensible. J'avais envie de le rassurer en le prenant dans mes bras, tellement je le sentais touché par ce qu'il venait de livrer. Et en même temps, je me sens presque gênée par toutes ces intimes confidences. Je tente de le rassurer, en lui expliquant que la représentation qu'il avait faite ce soir avait énormément plu. Même si le public présent était un public déjà conquis, puisqu'il s'agissait de proches et d'anciens fans. Que ses nouveaux titres avaient parfaitement su capter l'attention de toute la salle, et que pour ma part, j'avais adoré. Qu'il n'avait absolument rien perdu de son charisme, et de son…charme. Il pouvait en être sûr. Mon cœur palpitait autant qu'à l'époque. Je me sentais aussi grisée qu'auparavant. Vraiment il n'avait pas à douter de cela. Je ne sais pas si le fait d'être une ancienne fan me rend objective, mais ce qui est sûr c'est que je le pense vraiment. Et mes mots semblent convaincre Matthew, du moins le réconforter. Son regard change et je ressens de la gratitude dans ses yeux. Aurais-je réussi à le séduire ? Parce que moi, je le suis totalement. Je me sens fondre à l'intérieur. A ce moment-là, tout me semble terriblement magnétique chez lui. Ses yeux, sa bouche, sa voix, ses mains, son corps tout entier. Il y a comme une espèce de tension qui s'installe tout à coup. Je meurs d'envie de le toucher, de sentir sa chaleur. Je tente une approche un peu plus discrète. J'ai l'impression qu'il ne semble pas opposé à cela. J'ai même la sensation que lui aussi recherche ce contact physique. Le silence se fait. D'ailleurs le reste de la salle est silencieuse. C'est à ce moment-là que nous réalisons être les derniers clients encore présents dans le restaurant. Comme un retour à la réalité. Matthew regarde sa montre, et en effet il est très tard. 2 h du matin passé. Nous avons discuté pendant tout ce temps qui m'a paru si court pourtant. Matthew propose alors que nous laissions Marco fermer son restaurant, et que nous partions marcher un instant. C'est très aimable à Marco de ne pas nous avoir fait remarquer que nous étions les derniers. Je lui souris en guise de gratitude. Marco et Matthew se saluent une dernière fois, en se rappelant qu'ils se verront demain soir, et nous quittons l'endroit.

J'adore marcher dans les rues de New York la nuit. Même si les rues ne sont jamais totalement vides, la foule y est tout de même moins dense. C'est plus agréable pour flâner tranquillement. Matthew et moi marchons l'un à côté l'autre. D'un pas très lent. Je ne suis pas pressée de revenir à notre point de départ, et je n'ai pas l'impression que Matthew le soit aussi. Le silence se fait à nouveau. Plus aucun de nous ne semble oser parler. C'est étrange cette timidité soudaine. Est-ce parce que nous sentons le moment de se dire au revoir arriver ? Oh mon dieu, je l'avais oublié celui-là... La soirée était tellement agréable en sa compagnie que je n'ai absolument plus pensé au moment où l'on devrait se quitter à nouveau…. Mince ! Quand allons-nous nous revoir ? Ou bien même, a-t-il envie de me revoir ? Bien sûr, nous serons amenés à nous rencontrer de nouveau de par nos professions respectives... Et puis Dylan me l'a bien dit, je serai leur journaliste attitrée, donc…. Mais est-ce que nous aurons l'occasion de nous revoir de façon aussi …intime ? Est-ce qu'au moins Matthew en a envie ?... Je ne peux pas dire qu'il se soit montré très démonstratif, même si je sens bien une certaine alchimie entre nous. Je ne sais pas s'il a été séduit…tout comme moi je le suis…Je dois à tout prix le lui faire savoir. C'est peut-être le seul moment où je pourrai être aussi proche de lui, donc il faut que je profite de cette situation pour lui faire comprendre ce que je ressens à son égard. Bon, je ne peux décemment pas lui sauter dessus tout de même ! Bien que l'envie soit très forte… Pendant toute la soirée, j'ai observé ses lèvres charnues si sensuelles bouger lorsqu'il parlait, lorsqu'il souriait, et je n'avais qu'une envie : bondir de ma chaise pour les embrasser férocement. J'observais également ses mains saisir le moindre objet en imaginant à quel point elles devaient être douces…. Non vraiment, je ne pouvais pas passer à côté d'une telle occasion. Je devais faire quelque chose ! Nous approchons de plus en plus de l'Apollo Theater et certainement de la fin de cette soirée, donc il est urgent d'agir.

- J'ai vraiment passé …une très agréable soirée ! je lui dis timidement pour briser ce silence.

Je n'ose pas le regarder. Mon regard ne peut se décrocher de l'horizon comme pour m'assurer que notre point de retour ne s'avance pas plus vite qu'il ne faudrait. Je sens le regard de Matthew se tourner dans ma direction. Je n'ose toujours pas le regarder.

- Oh…euh ! Mais …c'était avec plaisir ! J'ai moi aussi passé…une excellente soirée ! me répond Matthew. Une excellente soirée… en charmante compagnie ! rajoute-t-il.

Je devine son sourire. Ouaouh ! Il me trouve charmante ! Matthew ME TROUVE CHARMANTE ! Il y a comme une explosion de joie à l'intérieur de mon corps. J'ai envie d'hurler. Je n'avais pour l'instant que son sourire pour me faire comprendre un semblant d'intérêt à mon égard, mais là…j'ai maintenant la preuve qu'il ne me voit plus comme une simple relation professionnelle.

Je me sens rougir. Je prie pour que la pénombre de cette rue me permette de dissimuler cette gêne soudaine. C'est alors que Matthew s'arrête et me saisit par le bras. Il me tire vers lui pour me retrouver face à lui. Il me regarde cette fois d'un air beaucoup plus sérieux. Mon regard hésite beaucoup à rencontrer le sien. Je comprends maintenant clairement ses intentions, et je chercherais presqu'à fuir la situation. Cette situation que j'ai pourtant maintes fois imaginée dans mes rêves les plus fous, alors pourquoi je me sens aussi intimidée tout à coup ? Une légère brise pose une mèche de cheveux sur ma joue. Matthew la repousse délicatement derrière mon oreille. Je sens son regard plus soutenu, comme s'il m'ordonnait de le croiser. Je ne peux faire autrement que me soumettre. Je suis comme hypnotisée par ses yeux noisette. Ses yeux brillent. Je sens toute l'émotion dans son regard. Du désir ? C'est alors que Matthew se penche sur moi et délicatement pose ses lèvres sur les miennes. Ouaaah quelle douce sensation ! A son contact, mes yeux se ferment automatiquement comme pour ressentir le moindre détail de ce baiser. Ses lèvres sont chaudes et douces. Elles ont encore le goût sucré du tiramisu au chocolat que l'on vient de déguster. Notre baiser se fait plus enflammé. Nos bouches s'entrouvrent, nos langues se cherchent et s'unissent. Nos respirations se font de plus en plus haletantes. Je fonds. C'est comme si mon corps tout entier se dérobait sous l'effet de ce baiser. Mon cœur n'en finit plus de battre la chamade. Il résonne tellement fort dans ma poitrine que j'ai l'impression de l'entendre résonner dans toute la rue.

Soudain Matthew s'arrête. Il nous interrompt violemment comme s'il venait de réaliser ce qu'il vient de se passer. Je sens son regard surpris lorsque j'ouvre à nouveau les yeux. Je suis moi-même surprise tant par son geste que par l'effet de ce baiser sur moi. C'était tout simplement phénoménal ! Jamais je n'avais ressenti autant de vibrations à l'intérieur de tout mon corps lors d'un simple baiser. Les battements de mon cœur sont tout à fait incontrôlables, une chaleur commence à m'envahir, je sens un léger bourdonnement dans ma tête…. Je défaille. Je manque de m'évanouir lorsque je sens Matthew me soutenir par le bras.

- Lisa ! …ça va ? me demande-t-il inquiet.

J'arrive à me ressaisir presque instantanément.

- Oui…ça va … je lui réponds légèrement groggy.

- Ouah ! Je n'imaginais pas faire autant impression en embrassant ! me dit Matthew sur le ton de l'humour.

Je ne peux m'empêcher de sourire à mon tour, tant je réalise à quel point la situation peut être gênante, en effet.

- Trop d'émotions d'un coup ! je tente de me justifier. C'est la pression qui se relâche, je pense…

- Pression ?!
- Oh …. Non… je veux dire… que la soirée a été très intense en émotions… il y a eu le concert, notre rendez-vous…et maintenant… ce baiser… Je veux dire … je ne m'attendais pas à tout ça…. Même si…
- …Même si… ?
- … Même si…. C'est certainement tout ce que j'espérais !

Cette fois, c'est moi qui arrive à le faire rougir. Je sens son bras me relâcher tout doucement pour venir cette fois s'enrouler autour de ma taille. Il use une nouvelle fois de son regard si profond.

- Je mourais d'envie de t'embrasser depuis le premier instant où je t'ai vu ! me murmure-t-il très sérieusement.

A priori, Matthew doit chercher à ce que je perde à nouveau connaissance. Comment peut-il me tenir ces propos avec son regard aussi envoutant ? Cette fois, c'est moi qui me penche vers lui pour l'embrasser. Je suis tellement touchée par ce qu'il vient de dire que ce nouveau baiser a une résonnance encore plus profonde que le premier.

Nos bouches se rencontrent à nouveau, nos langues se retrouvent. Matthew resserre son étreinte un peu plus pour que nos corps soient parfaitement l'un contre l'autre. Je sens ses muscles se lover tout autour de moi. Je passe mes bras autour de son cou comme pour lui signifier que moi aussi je souhaite être encore plus près de lui. Ses lèvres descendent sur ma joue, puis jusque dans mon cou. Mes doigts s'emmêlent dans ses cheveux. Un gémissement de plaisir s'échappe de ma bouche. Ce qui semble rendre Matthew un peu plus fou. Je le sens dans son empressement, sa respiration qui devient plus forte. Je suis emportée. C'est au bout de quelques minutes que nos lèvres finissent par se détacher. Nous reprenons chacun nos esprits tout en continuant de nous dévorer des yeux. Cet homme est si beau. Je ne me lasse pas de l'observer dans les moindres détails. Les moindres traits de son visage. Chaque pigment de la couleur de ses yeux jusqu'à la petite cicatrice sur l'arcade de son sourcil droit, je tiens à tout mémoriser pour qu'ils restent à jamais ancrés dans ma mémoire.

Matthew sourit. Je lui souris également. Toujours maintenue dans ses bras musclés. Je me sens parfaitement bien. Je n'ai pas envie d'en sortir. J'aimerais que le temps s'arrête et que rien ne vienne interrompre cet instant si ...magique.

C'est alors que Matthew m'attrape par la main et se met à héler un taxi qui passait tout juste à proximité. Puis il se tourne vers moi comme pour rechercher mon approbation.

-Viens !

Pas besoin d'en dire plus, je ne lui pose aucune question, je suis prête à le suivre à l'autre bout du monde les yeux fermés, s'il le veut. Je lui réponds d'un simple sourire, et nous nous engouffrons tous les deux dans ce taxi. Matthew indique au chauffeur le nom de l'hôtel où lui et son équipe sont descendus, et sans perdre un instant nous y conduit. Le silence se fait. Seuls nos regards se parlent et semblent se comprendre. Les yeux de Matthew me disent clairement qu'ils ont très envie de poursuivre la soirée, et les miens disent clairement que je n'ai aucune intention de fuir. Une certaine ferveur s'installe entre nous lorsque Matthew pose sa main sur la mienne. La voix sensuelle de Sam Smith qui émane de l'autoradio de ce taxi rend l'instant encore plus intense.

Le taxi arrive rapidement à notre destination. Matthew paie le chauffeur et nous rejoignons d'un pas pressé le hall de l'hôtel. Le hall est désert. Seul le concierge de nuit remarque notre entrée assez précipitée. Matthew appelle l'ascenseur qui se trouvait déjà au niveau du rez-de-chaussée. Comme s'il nous attendait dirait-on. Nous montons à son bord et Matthew appuie sur le numéro de l'étage 42. Mon dieu que cet immeuble est grand. Il nous faudra sûrement plusieurs minutes avant d'atteindre cet étage. Arriverons-nous à patienter jusque-là tant nous savons très bien quelles envies peut provoquer cet environnement si exigu … Matthew me regarde toujours de façon si sensuelle. Une certaine chaleur commence à monter tout le long de mon corps. Je n'y tiens plus. S'il n'y avait pas ses caméras de surveillance, je demanderai à Matthew de me plaquer contre les parois de cet ascenseur, et d'abuser de moi, ici, sur le champ. Mais je ne tiens pas me faire arrêter pour exhibition dans un lieu public, et encore moins à ce que Matthew fasse les gros titres des magazines à scandale. Je sens son impatience également. La main de Matthew se glisse dans mes cheveux. Il me ramène un peu plus près de lui pour m'embrasser. Son corps se colle contre le mien. Il m'emprisonne contre la paroi, et fait ce qu'il veut de moi. Mes lèvres sont toutes à lui. Jusqu'au moment où le tintement de l'ascenseur se fait entendre. Nous sommes arrivés à destination. Matthew me fait signe de ne pas faire de bruit. Tout l'étage est réservé à son équipe, il ne faudrait pas que nous soyons amenés à croiser l'un des membres. Donc c'est sur la pointe des pieds que nous nous dirigeons vers la porte de sa chambre. Nous entrons dans cette vaste suite que Matthew a réservée pour lui seul. Il aime un certain confort. A force d'être plus souvent sur les routes que chez lui, Matthew avait pris pour habitude de réserver des lieux qui lui faisaient vite oublier qu'il ne se trouvait pas chez lui justement. Le côté étriqué d'une simple chambre d'hôtel le lui rappelait sans cesse. D'où cette exigence que certains pourraient assimiler à un caprice de star.

Nous n'y tenons plus tous les deux. La tension dans ce taxi, puis dans cet ascenseur a raison de nos nerfs. A peine la porte de la chambre fermée, Matthew s'empare fougueusement de mes lèvres à nouveau. Sans un mot, je me plie à sa volonté. Nos langues se retrouvent et repartent dans ce ballet fou. Matthew m'enserre un peu plus contre lui. Ses bras musclés tout autour de moi se referment comme s'il avait peur que je m'échappe. N'aie aucune crainte, Matthew, je ne partirai pas... Le contact de ce baiser a pour effet de neutraliser toute résistance. Mon corps s'abandonne totalement. Ses mains remontent le long de mon dos. Sa caresse me fait frémir entièrement. Je m'empresse de faire tomber ma veste. Le reste de mes vêtements m'oppresse. Il me tarde de les quitter, et il me tarde que Matthew quitte les siens également. J'ai besoin de sentir sa peau contre la mienne. J'ai besoin de sentir sa chaleur. Je n'y tiens plus. Tout en continuant notre baiser, nous nous déshabillons mutuellement. Peu importe que les tissus se déchirent, il nous faut quitter ces vêtements au plus vite. Je remonte le t-shirt de Matthew pour l'aider à s'en débarrasser. Il fait de même avec mon top. Je dénoue la boutonnière de son jean. Il fait de même avec le mien. Le temps de nous débarrasser de ces vêtements et nous reprenons nos places initiales. Ses baisers se déplacent sur ma joue, et remontent jusqu'à mon oreille. Je laisse échapper un gémissement. S'il savait que cette partie de mon anatomie est très érogène... Je pense qu'il ne tarde pas à le comprendre. Matthew s'attarde sur cette zone, toujours d'une manière aussi fougueuse. Mes mains se posent sur son torse musclé. Ses muscles sont si fermes. Mes yeux s'entrouvrent sur ses pectoraux recouverts de tatouages. Ces dessins sont magnifiques ! Une espèce de motif tribal qui parcourt toute la partie supérieure de son corps, descend le long de ses bras... J'ai même l'impression qu'ils s'animent à chaque contraction de ses muscles. Ce qui ajoute un degré supplémentaire à mon excitation que je pensais déjà au maximum. Cet homme va me rendre folle ! Je sens ses mains descendre le long de mon dos, jusqu'à mes fesses. Il en redessine les contours avant d'attraper mes cuisses pour me soulever dans ses bras. Je me retrouve face à lui. Mes jambes se referment autour de sa taille. Matthew me porte jusqu'à son lit. Et tout en continuant de m'embrasser, me pose délicatement sur ce doux couvre lit en velours. Il se tient là au-dessus de moi, se maintenant sur ses avant-bras pour ne pas m'écraser. Ses yeux me dévorent. Tout comme les miens. Je ressens tout le désir dans son regard. Il mordille sa lèvre inférieure. Je suis en transe. Je n'y tiens plus. Ma respiration se fait plus haletante. Ma poitrine se gonfle. Son regard est attiré par cette respiration plus prononcée. Matthew commence alors par déposer quelques baisers dans mon cou. Il descend sur mon décolleté. Je comprends bien quel est son but. Puis de ses doigts agiles, Matthew dégrafe mon soutien-gorge. Celui-ci possède une ouverture sur le devant. Il en découvre délicatement ma poitrine tout en l'observant. Mon rythme cardiaque s'intensifie. De sentir son regard sur ma poitrine totalement offerte à lui ne fait qu'accélérer ma respiration. Les pointes de mes seins s'enhardissent de désir, et n'attendent plus qu'une chose, le contact de sa langue sur leur extrémité. Mon corps se cambre pour l'attirer. Et il ne tarde pas à répondre à cet appel. Matthew s'empare d'un de mes seins avec sa bouche. A ce contact, je ne peux m'empêcher de laisser échapper un doux gémissement. Il titille, lèche, suce ce téton si raffermi par l'excitation, tandis que sa main continue de descendre un peu plus sur mon flanc droit. Je suis en transe. Je suis à deux doigts d'entrer dans une phase orgasmique.

-Oh... Matthew ! je m'écrie dans un souffle.

-Ce que tu es belle ! me répond-t-il. Tu vas me rendre fou !

Il en est de même pour moi. Il me rend déjà folle avec ses caresses. Je n'ose imaginer ce qu'il se passera lorsque je le sentirais en moi. Oui ! parce que j'ai très envie de le sentir en moi, ici, là, maintenant ! J'ai envie qu'il mette fin à ce supplice ! Ses lèvres continuent de descendre le long de mon ventre. Il ne tarde plus à se rapprocher de ce qui doit être la partie la plus enflammée de mon anatomie à cet instant. Et en un tour de main, Matthew réussit à se débarrasser du dernier bout de tissu qui lui faisait obstacle. A moins qu'il ne se soit consumé de lui-même ! Je ne sais plus... Je suis totalement offerte à ses yeux. Si vulnérable et à la fois si forte, tant je sens le désir dans son regard. Je le sens, et je le vois. Matthew quitte son caleçon, et laisse apparaître une érection monumentale. Ses mains écartent délicatement mes cuisses, et c'est tout naturellement que Matthew se place entre elles. Mais il n'en a pas fini de ses baisers. Il reprend là où il s'était arrêté, avant de vite rejoindre ce pourquoi il a effectué tout ce chemin. Mon clitoris se contracte à l'approche de ses lèvres. Sa langue arrive à sa rencontre. Il y a comme un déferlement de vagues qui me saisit de l'intérieur. Je ne peux contenir mon plaisir. Je gémis. Ce qui encourage Matthew à continuer. Sa langue maîtrise parfaitement le geste, et s'arrête chaque fois que la jouissance commence à saisir mon corps. Je suis à sa merci. C'est lui qui a les cartes en main…

-Oh Matthew ! …Je t'en prie… viens ! J'ai besoin de te sentir…

-Ne t'inquiète pas, ma belle ! Je n'en ai pas fini avec toi….

Et à peine a-t-il terminé sa phrase, qu'il reprend ses baisers de plus belle. Mais cette fois, il en viendra à bout. Ses deux doigts pénètrent mon intimité pour encore plus de sensations. Son geste s'accélère. Je ne peux pas lutter. Je ne peux plus. Je laisse la vague me submerger et répond à ses caresses par un énorme râle de plaisir. Ma jouissance est énorme. Je ne crois pas avoir déjà ressenti cela auparavant. Mon corps tout entier se contracte. Mon esprit est totalement parti dans un autre monde. Je ne contrôle plus rien. Je m'abandonne…

Je réalise au bout de quelques secondes, ce qu'il vient de se passer exactement. Matthew se tient à nouveau au-dessus de moi et me sourit. Il semble satisfait de l'effet procuré par ses caresses.
-Ce que tu es belle quand tu jouies, me dit-il.
Ses mots me font rougir. Et je ne trouve pas d'autres moyens que de l'embrasser pour lui témoigner de ma gratitude. Celle de m'avoir procuré un plaisir aussi inimaginable !
-Tu n'as encore rien vu, continue-t-il d'une voix rauque.
Comment ça je n'ai encore rien vu ? Se peut-il qu'il existe encore quelque chose d'aussi intense après ça ? Impossible, je n'y survivrais pas. Matthew reprend sa place entre mes cuisses, pour cette fois y introduire son énorme queue. Je sens son membre m'envahir complétement. Il prend sa place. S'installe confortablement, puis entame une série de va-et-vient. D'abord lentement, puis progressivement un peu plus rapidement. Ses yeux se ferment. Je l'entends râler de plaisir. Son corps ondule sur le mien. Ce qu'il est beau ! Je suis au paradis. Le plaisir monte en moi un peu plus. Matthew accélère. Son regard s'ancre au mien. Je sens qu'il est sur le point de jouir, et je n'en suis pas très loin non plus. Il halète. Je suffoque. Je suis prête à accueillir la vague. Et d'un coup, nos corps

se contractent. Cette vague de jouissance nous submerge au même instant. Je crie son nom. Matthew grogne de plaisir, jusqu'à s'écrouler d'épuisement tout contre moi. Quel bonheur !

Nous tentons de reprendre notre souffle. Je sens mon cœur exploser dans ma poitrine, mais je suis bien. Oh oui, je suis plus que bien. Jamais je n'ai ressenti autant de plaisir qu'à l'instant.

- C'était … merveilleux ! je finis par dire dans un état de semi-conscience.

- C'est toi qui étais merveilleuse ! me répond Matthew en souriant.

Je me blottis un peu plus dans ses bras, et nous finissons tous les deux par nous endormir l'un contre l'autre.

CHAPITRE 5

Un rayon de soleil qui perce à travers les rideaux de la fenêtre vient se poser sur mes paupières encore endormies. Mmmm, je ne peux pas croire que le jour est en train de se lever… il doit y avoir une erreur. J'étais plongée dans un rêve des plus torrides en compagnie de Matthew, et il est absolument impossible que je doive me réveiller maintenant. Je tâtonne le lit de mon côté droit, à la recherche de mon oreiller pour dissimuler mon visage de cette lueur inquisitrice. C'est là que ma main tombe à la rencontre d'un obstacle…ferme et tendre à la fois, chaud… Tout juste à côté de moi. Je réagis immédiatement en ouvrant les yeux. Je me tourne dans sa direction, et là je découvre le corps de Matthew, totalement nu, partiellement recouvert d'un morceau du drap. Il dort encore. Oh mon dieu merci, il ne s'agissait pas d'un rêve ! Je me souviens de tout maintenant, du concert, du restaurant, de la soirée, de la nuit... Tout me revient en mémoire... Je n'en reviens toujours pas. J'ai certainement passé la soirée la plus exquise de ma vie, avec l'homme le plus charmant, le plus sexy, le plus tendre que je n'ai jamais rencontré jusqu'à présent. Je me sens terriblement bien. J'aimerais que ce sentiment de bien-être ne me quitte plus jamais. C'est tellement rare de ressentir cette telle plénitude... enfin surtout, faire en sorte qu'elle dure. Parce que je sais par expérience, que cet état peut être très éphémère. Je n'ai jusqu'à maintenant jamais eu vraiment de chances avec la gente masculine. Les princes charmants que j'ai pu rencontrer se sont très vite transformés en crapaud dans les minutes qui ont suivi notre rencontre pour la plupart, voire notre 1ère nuit pour les autres. C'est pour cette raison, que j'ai toujours fait en sorte de ne jamais m'attacher à l'un d'entre eux. Dès lors que je m'apercevais que mon petit ami du moment ne répondait pas exactement à mes attentes, je préférais mettre un terme à notre relation, avant qu'il ne soit trop tard. Avant de me retrouver malheureuse. Certains penseront que je suis peut-être un peu trop exigeante envers les autres, mais c'est une façon pour moi de me préserver, afin de ne jamais revivre ce que j'ai pu connaître la première fois que je suis tombée amoureuse d'un homme. J'ai tellement été blessée par cet homme. C'était le premier homme de ma vie, et mon monde s'est effondré lorsque j'ai découvert qu'il me trompait. Il m'a fallu beaucoup de temps pour me reconstruire. Et depuis ce jour, je me suis fait la promesse que plus jamais je ne laisserais ceci se reproduire.

Mais Matthew, c'est différent... Je sais qu'il n'est pas comme ça. Je sais qu'il est loin d'être le goujat que j'ai si souvent rencontré dans mes précédentes aventures. Cela fait maintenant des années que je l'observe, et je suis persuadée qu'il ne peut être que l'homme attentionné, et aimant que j'ai toujours rêvé de rencontrer. Alors bien sûr, je dois tout de même faire attention à moi, et ne pas m'emballer trop vite dans cette relation. Matthew a connu la gloire et le succès auprès des femmes dans sa précédente carrière, et je suis sûre qu'il doit avoir encore bon nombre de sollicitations de la part de ses fans. Il a beau être entièrement respectueux des personnes qui l'entoure, mais peut-être qu'il ne souhaite pas encore s'engager dans une relation durable. Il reprend sa carrière en main. Et une carrière demande beaucoup de disponibilités, beaucoup d'investissement personnel. C'est très rarement compatible avec une vie sentimentale. Donc je ne sais pas où cette nuit, qui pour moi restera plus qu'inoubliable, nous mènera. Mais ce dont je suis sûre, c'est que je ne dois pas en attendre plus, et qu'il me faut profiter de l'instant présent sans rien attendre en retour. C'est sur cette pensée pleine de mélancolie, que le corps de Matthew semble sortir de son sommeil. Il se retourne alors vers moi, et entrouvre difficilement ses yeux. Sa main remonte alors le long de mon corps, et me tire par la taille fermement contre lui. Son visage se plonge dans mon cou, et Matthew y dépose tout un tas de baisers fougueux.

- Bonjour ! finit-il par grogner entre 2 baisers.
- Mmmm … bonjour, je lui réponds de ma voix la plus suave.
- Bien dormi ? me demande Matthew.
- Mmm… Merveilleusement bien ! Je lui réponds tout en blottissant mon corps un peu plus contre le sien. J'ai fait un magnifique rêve ! Je rêvais que je rencontrais un parfait inconnu, avec qui je passais une nuit torride. C'était fabuleux !

- Vraiment !? ça alors... c'est très drôle... car je crois avoir fait le même rêve !

Nous rions tous les deux de cette petite taquinerie, tout en nous serrant dans les bras l'un de l'autre. Mmm, ce que j'aime le contact de sa peau nue contre la mienne. Son parfum ... ce parfum de mâle qui m'enivre totalement. Je pourrais ne jamais vouloir sortir de ce lit et rester entre ses bras toute la journée. Malheureusement, c'est le bruit des allers et venues dans le couloir de cet hôtel qui me rappelle que ce doux moment risque d'être écourté très vite. Etant donné que tout l'étage est réservé aux équipes de Matthew, cela ne peut être qu'eux que l'on entend d'aussi bonne heure. Matthew m'explique que l'équipe est en train de plier bagage pour quitter l'hôtel. Tous rentrent à Boston aujourd'hui. Tous sauf lui, du moins pour l'instant. Il doit encore régler pas mal de choses avec la maison de disques, faire le bilan de la soirée d'hier. Et ce soir, Matthew a prévu de retrouver ses proches pour une fête organisée en son honneur chez sa sœur, qui elle, vit à New York depuis plusieurs années maintenant. Donc lui ne repartira que demain. Le fait de l'entendre parler de départ me crève déjà le cœur. Je sais très bien que Matthew ne vit pas ici. Qu'il y vient très régulièrement pour les affaires, et autres, mais je ne m'attendais pas à ce qu'il reparte aussi vite. Cela fait déjà plusieurs semaines qu'il séjourne ici, dommage que nous n'ayons pas eu l'occasion de nous rencontrer plus tôt. Enfin bon ! Inutile de penser à ce qui aurait pu se passer, ni même à ce qui pourrait se passer… Je dois éviter de me retrouver dans une situation que je n'aurais pas décidée, et prendre les devants avant d'être déçue. Je me relève pour consulter ma montre qui se trouve sur la table de nuit.

- Han ! Il est déjà 8 heures !!?? Je m'exclame en faisant mine d'être en retard. Il faut que je me dépêche ! Je suis terriblement à la bourre !!

Je quitte le lit pour partir à la recherche du reste de mes vêtements à travers toute la chambre. Matthew semble surpris par ce saut du lit quelque peu énergique. Il se lève à son tour, et enfile son caleçon ramassé au pied du lit pendant que je finis de m'habiller.

- Je suis désolée, Matthew, mais je dois partir. Mon boss risque de me passer un savon si je ne pointe pas très vite le bout de mon nez au bureau, tu vois ? Je reviens vers lui pour l'embrasser une dernière fois avant de partir. Il se trouve là juste devant moi, torse nu. Oh mon dieu, ce qu'il est craquant au réveil. Je n'arrive pas à croire ce que je fais. C'est moi qui décide partir ? C'est moi qui écourte notre câlin matinal en prétextant devoir me rendre au boulot ? alors que je sais très bien que personne ne me contraint à respecter d'horaires. Mon « boss » sait que nous travaillons sans relâche pour le journal, et que très souvent nous ne comptons pas nos heures au détriment de notre vie privée. Il n'est donc absolument pas regardant sur l'heure à laquelle nous arrivons le matin, et l'heure à laquelle nous partons le soir. C'est une confiance que j'apprécie beaucoup. Nous sommes tous responsables au sein de l'équipe, et nous gérons notre temps de travail comme bon nous semble tant que cela ne nuit pas à sa qualité. Alors bien que cette excuse peut s'avérer très utile parfois dans certaines circonstances, je n'ai absolument pas envie de l'utiliser pour cette fois-ci. Mais il le faut ! Je ne veux pas attendre le moment où Matthew me demandera de partir, ou bien le moment où lui prétextera de devoir partir. Je ne veux pas que l'on se retrouve au moment de la fameuse scène « Bon, bah c'est pas tout ça, mais il va falloir que l'on se quitte tout de même ! ». Ces moments peuvent être parfois très gênants, donc inutile d'endurer ça. Je préfère partir pendant qu'il est temps. Il faut que je parte, avant de ressentir des choses que je ressens certainement déjà. Je pose mes mains sur son torse encore tout chaud. Matthew passe ses bras autour de ma taille. Ses yeux noisette se posent sur moi. Je ne peux que craquer une nouvelle fois devant ce regard si attendrissant.

- Je suis désolée, Matthew, mais il faut que je parte…, je me justifie une nouvelle fois.
- Vraiment ? Tu es sûre ? me demande-t-il en me provoquant du regard.

Ma petite voix ne cesse de me dire que je dois être complétement folle pour décider de partir alors que ses yeux à lui m'invitent clairement à rester encore un peu plus. Mais il le faut, il le faut !!

- Oh …. Oui… je dois partir…. Tu ne m'en veux pas, j'espère ?

Ses mains remontent le long de mon dos. Mon corps frissonne à nouveau de ses caresses. Mon corps est faible et risque à tout moment de chavirer dans les bras de Matthew. Mais je tiens tête.

- Non, bien sûr que je ne t'en veux pas ! me répond-t-il. Mais tu ne veux même pas prendre un petit déjeuner ?
- C'est gentil ! Ce serait avec grand plaisir ! Mais je suis vraiment très en retard.

Matthew semble capituler devant mon obstination. Ses bras se desserrent un peu.

- Je comprends ! me dit-il résigné.

Je sens un peu de déception dans sa voix, alors j'essaie de détourner la conversation pour éviter de tomber dans le mélodrame.

- Tu as certainement pas mal de rendez-vous également toi aussi aujourd'hui ?
- Oui, je dois retrouver Dylan dans les bureaux de la maison de disques, ce matin. Et je pense que la journée va être très longue. Il faut qu'on parle de la commercialisation de l'album, que l'on câle les rendez-vous pour la promo… Pas mal de choses à faire avant de rentrer. Et puis ce soir, je dois retrouver ma famille chez ma sœur….
- Tu repars … quand ? demain matin ?

Je me risque à poser la question, mais je redoute d'avance sa réponse.

- Oui c'est ça…demain en fin de matinée…

Le ton de Matthew se fait plus grave sur sa réponse. Cette réponse me crève le cœur. Et c'est marrant, mais j'ai l'impression que lui aussi ne semble pas emballé à l'idée de partir.

- Ecoute, …cette nuit… enfin…J'aimerais te revoir ! finit-il par me dire.

Comme s'il allait se lançait dans une déclaration sans fin, Matthew coupe court et me propose de se revoir. Sa voix est nerveuse. Comme s'il redoutait ma réponse. Mais c'est pourtant moi qui redoutais qu'il ne me le propose jamais. Moi, qui n'ai jamais eu de chances avec les hommes, je me retrouve face à celui qui fait l'objet de tous mes fantasmes depuis si longtemps, avec qui j'ai passé une soirée plus que magique, à l'écouter me dire qu'il puisse se passer quelque chose entre nous, et c'est lui qui semble nerveux à l'idée que je puisse refuser sa proposition ? Peut-être que je me suis montrée un peu trop pressée de partir tout à l'heure ? Peut-être qu'il pense que je cherche à m'échapper ? Oh non ! c'est tout sauf ce que je veux qu'il pense de moi, bien sûr. Je ne cherche qu'à me préserver, et non à le fuir. Il ne faudrait pas qu'à cause de toutes ces déceptions passées causées par la gente masculine, je fasse capoter ce qui pourrait sûrement être la plus belle histoire que je n'ai jamais vécu jusqu'à maintenant. A cet instant, c'est un mélange d'explosion de joie et d'angoisse qui se propage à l'intérieur de tout mon corps. Je suis tellement heureuse qu'il envisage de me revoir, et en même temps tellement paniquée à l'idée qu'il ne ressente pas à quel point j'en ai très envie moi aussi.

- Je ne sais pas si cela sera possible aujourd'hui, ajoute-t-il... ou peut-être demain ? Je vois que tu es également très prise... je ne voudrais pas perturber ton planning...

Oh non, il envisage déjà le fait que je ne puisse pas me rendre disponible pour lui. Il faut vraiment que je me rattrape sur ce coup.
- Oh mais bien sûr que non, tu ne perturbes pas mon planning ! J'aimerais beaucoup te revoir moi aussi !

Je le sens rassuré. Tout comme je le suis moi aussi. Matthew sourit. Son sourire est certainement la chose qui me fait le plus craquer chez lui. C'est pour cela que je ne peux pas rester plus longtemps avec lui. Je ne pourrais que tomber un peu plus sous son charme…Cette fois, c'est lui qui m'embrasse.
- Ecoute, tu n'as qu'à m'appeler …. Appelle-moi quand tu as un moment… si tu veux que l'on aille manger un morceau ensemble ou si tu as le temps juste pour un verre. Je me libérerai !

Voilà, je lui laisse la possibilité de choisir le moment. Je ne le mets pas au pied du mur, et en même temps, je ne lui fais pas croire non plus que je serai là à attendre son appel. Même si c'est certainement ce qu'il risque de se passer !
- Tu as mon numéro, mais je te le redonne.
Je cherche une carte de visite dans le fond de mon sac, et je lui coince dans l'élastique de son caleçon. Ce qui fait sourire Matthew. Mais rien que la vue de

son anatomie moulée dans ce caleçon manque de me faire manquer mon geste. Je tente tant bien que mal de me ressaisir. J'embrasse une dernière fois ses lèvres pulpeuses, et me dirige vers la porte de la chambre.

- Tu ne veux pas que je te raccompagne ?
- Ne bouge pas, je vais prendre un taxi !

J'ouvre la porte. Matthew me rattrape par le bras avant que je franchisse le seuil, et délicatement pose ses mains autour de mon visage pour m'embrasser avant de me souhaiter une bonne journée. Je m'en vais. Je quitte la chambre pour de bon, tout en regardant droit devant moi. Je ne me retourne pas. Je suis tellement submergée par l'émotion à cet instant que si je viens à croiser son regard une nouvelle fois, je ne pourrais que m'effondrer. Je n'ose pas me retourner. Je sens qu'il est toujours là. Qu'il me regarde partir, et je ne veux pas qu'il s'aperçoive de quelque chose…. J'accélère mon pas pour rejoindre l'ascenseur. Je veux regagner au plus vite cet ascenseur pour qu'il m'empêche de céder à mes pulsions qui m'ordonnent de retourner à tout prix dans cette chambre, dans ses bras. Je me presse également, parce que je ne veux pas prendre le risque de croiser qui que ce soit de l'équipe de Matthew. Je préfère rester discrète. Lorsque les portes se referment, je tombe contre la paroi de l'ascenseur. Maintenant que plus personne ne peut me voir, je peux m'effondrer. Je peux évacuer ce trop plein d'émotions qui m'envahit depuis mon réveil à ses côtés. Mon cœur palpite, et je n'arrive plus à reprendre ma respiration. Je suis heureuse. Heureuse et à la fois tellement triste de le quitter. Mais j'ai fait le bon choix. Je suis sûre que c'était la meilleure chose à faire….

CHAPITRE 6

Dans le taxi qui me ramène à mon appartement, je rêve. Je repense à Matthew. Je repense à cette nuit. A ses mains qui m'ont rendue folle. A ses baisers qui m'ont transportée. Je revois encore son corps si parfait sur le mien, son regard au moment de la jouissance. Rien que cette image pourrait suffire à me replonger dans cette indescriptible tsunami qui m'a envahi tout à l'intérieur. Instinctivement, je croise mes jambes pour calmer cette ardeur qui se réveille à nouveau en moi. C'est dingue comme cet homme arrive à me faire perdre le contrôle de mes sens. Je ne peux décemment pas me rendre au journal dans cet état. Il me faut repasser à mon appartement pour prendre une douche bien froide qui me calmera très certainement.

Et c'est chose faite, en l'espace de quelques minutes, je me glisse sous la douche, me prépare pour aller travailler tout en essayant de m'enlever Matthew de la tête. Et j'ai beau essayer, essayer, rien à faire, toutes mes pensées me ramènent à lui. Il devient mon obsession. Je ne sais pas si j'arriverais à me plonger dans le travail aujourd'hui, surtout dans ce genre de travail. Je vais certainement en entendre parler à un moment ou un autre de ma journée. Je consulte mon portable pour vérifier qu'il n'a pas déjà cherché à me joindre. Non Lisa, il est beaucoup trop tôt ! Cela ne fait même pas une heure que vous vous êtes quittés ! Sois patiente ! Mais c'est cette attente qui risque de me tuer ! Pas de message de Matthew en effet, mais par contre, un message de Betty ou plutôt des dizaines de messages de Betty ! J'ai vraiment bien fait de mettre mon portable en mode silence lors de notre rendez-vous, autrement toutes ces sonneries de messages auraient pu effrayer Matthew.

Ah oui, c'est vrai, Betty ! Je pense que je vais être attendue de pied ferme ce matin. Et comme en plus, je n'ai répondu à aucun de ses messages, je pense qu'elle doit être en transe de me voir arriver.

Je suis même étonnée qu'elle n'ait pas fait le pied de grue devant ma porte.

Lorsque j'arrive à l'agence, tout le monde semble déjà bien occupé comme à son habitude. Mais à peine, je franchis le seuil de la porte du journal que Betty se retrouve face à moi comme surgie de nulle part. Tel un félin bondissant sur sa proie. Je sursaute.
- Bon sang ! Mais tu veux me faire mourir d'une crise cardiaque ?
Les yeux totalement exorbités, Betty ne peut s'empêcher de me poser les premières questions.
- Alors ! T'étais où ? Pourquoi tu n'as pas répondu à mes messages ? Qu'est-ce qu'il s'est passé ? Tu as vu Matthew ? Raconte !!!
J'ai l'impression que Betty est encore plus excitée que moi. Son enthousiasme fait plaisir à voir. Je sais que cette excitation est avant tout bienveillante. Betty est une éternelle fleur bleue qui cherche toujours la bonne fin des histoires d'amour en général. A chaque fois que l'un d'entre nous entame une nouvelle histoire d'amour, Betty se plonge systématiquement dans une telle euphorie qu'elle semble encore plus heureuse que celui ou celle à qui l'histoire arrive vraiment. Mais là, son enthousiasme est quelque peu gênant, et je ne tiens

pas à ce que tout le monde sache exactement ce qu'il s'est passé avec Matthew. Après tout, je travaille dans un magazine people, et je suis à longueur de journée cernée par de potentiels paparazzi. Je sais bien que la plupart n'irait pas trahir l'amitié par laquelle nous sommes liés pour un scoop qui pourrait considérablement booster leur carrière, mais tout de même, je préfère rester discrète. Je continue ma route jusqu'à mon bureau pour ne pas attirer plus l'attention. Betty m'emboîte le pas comme je l'aurais imaginée. Une fois à l'intérieur de mon bureau, je ferme soigneusement la porte. Betty reprend de plus bel son interrogatoire.
- Alors ! Tu vas me dire enfin ce qu'il s'est passé hier soir ou bien il va falloir que je te torture sans fin jusqu'à ce que tu cèdes ?
- Oui, ça va, ça va ! Mais baisse d'un ton je t'en prie ! Je ne tiens pas à ce que tu ameutes tout le quartier. Pitié !
- OK OK ! c'est vrai, excuse-moi ! Mais je ne tiens plus en place ! Il faut que tu me racontes en détail ta soirée !
- En détail… peut-être pas… mais tout ce que je peux te dire, c'est que je viens tout juste de rentrer chez moi…

Betty étouffe son cri entre ses mains.

- Tu déconnes !? Non… Tu veux dire que… ? Matthew et toi… ? Vous … ?

Je me contente d'un sourire espiègle en guise de réponse. Betty n'en revient toujours pas. Elle tente de dissimuler ses petits cris d'exultation en portant son foulard à sa bouche.

- Oh je suis trop contente pour toi ! C'est trop génial ce qui t'arrive !

Betty se jette dans mes bras, les yeux légèrement humides.

- Attends Betty… Ne t'emballe pas trop vite ! Je ne sais même pas si nous aurons l'occasion de nous revoir ! Même s'il a bien dit qu'il souhaitait me revoir… mais tu sais… il ne vit pas ici…et les relations à distance, ça ne fonctionne vraiment jamais, c'est bien connu…

- Tu veux dire qu'il a demandé à te revoir ??

- Oui…

- Comment il est ?

Je me laisse tomber dans mon fauteuil, tout en repensant au moment où Matthew m'a embrassé pour la première fois.

- Il est …. Epoustouflant ! J'ai passé une excellente soirée en sa compagnie.

- Soirée !?

A voir l'œil interrogateur de Betty, je comprends qu'elle n'est pas dupe. Ce n'est pas la première partie de soirée qui l'intéresse...

- Oui, bon d'accord !! Il n'y a pas que la soirée qui a été époustouflante ! Je lui réponds en levant les yeux au ciel. Mais ne compte pas sur moi pour te raconter plus de détails...

En tous les cas, ce n'est pas sur mon lieu de travail que je me livrerais à plus de confidences. Nous rions toutes les deux aux éclats. Betty ne lâchera pas l'affaire. Elle tient absolument à ce que je lui donne quelques détails croustillants. Mais pour l'heure, elle me laisse avec David qui vient de faire irruption dans mon bureau.

- Salut David ! Comment ça va ce matin ?
- *« Comment ça va ? »* répond David d'un ton des plus agressifs. Tu veux savoir *« comment ça va »* ce matin ?

Ouh la ! Que se passe-t-il ? De toute évidence, David semble très énervé.

- Tu veux savoir depuis combien de temps je t'attends *« ce matin »* ?? Tu ne te souviens pas que nous devions nous retrouver ici pour 7 heures afin de travailler sur la nouvelle maquette *« ce matin »* ?

Oui c'est vrai. Je l'ai complétement oublié. Mais quel stress ! Je n'ai jamais vu David dans une telle colère.

C'est à n'y rien comprendre. Pourquoi se met-il dans un état pareil ?

- Oui… je sais…. Excuse-moi David, c'est de ma faute ! J'ai eu un contretemps ce matin. Je suis vraiment désolée… mais ce n'est pas grave… viens, on s'y met tout de suite … on va rattraper ça !

- PAS GRAVE !!?? Non mais tu te FOUS de moi ! Je me suis payé tout le boulot tout seul depuis ce matin, et tout ce que tu trouves à dire c'est que tu es désolée !? Tu ne pouvais pas appeler pour prévenir ? Tu penses vraiment que les gens sont à ta disposition ?

- Non… bien sûr que non ! Mais je te dis que je suis désolée ! Je ne comprends pas pourquoi tu t'énerves autant. Qu'est-ce que tu veux de plus ?

Je me retrouve totalement déstabilisée par le comportement de David. Je ne comprends vraiment pas pourquoi est-ce qu'il s'emporte autant. Je trouve sa réaction quelque peu disproportionnée.

- UN PEU DE RESPECT !!

Et sur ce, David quitte mon bureau en claquant la porte. Je suis médusée. Je ne sais plus quoi dire. Je reste sans voix. Lorsque je jette un œil à travers la grande vitre qui sépare mon bureau de notre Open Space, je constate que tout le monde est dans le même état que moi. Tout le monde est choqué de par la scène à laquelle ils viennent d'assister. Et vraiment il y a de quoi. Jamais David n'avait osé se mettre en colère contre qui que ce soit jusqu'à maintenant. Je me demande même s'il lui était déjà arrivé une seule fois de se mettre en colère contre quelqu'un d'une manière générale. Betty entre à nouveau dans mon bureau, l'air complétement hébété.

- Mais qu'est ce qui s'est passé avec David ? me demande-t-elle.

- Et bien ... je ne sais pas... il est entré dans mon bureau comme un véritable courant d'air... Il s'est mis à me crier dessus...me faisant tout un tas de reproches... et puis... il est parti ! Je n'ai absolument rien compris de ce qu'il vient de se passer.

- Ouais... Bizarre !

Betty est aussi perplexe que moi. Nous nous interrogeons toutes les deux du regard, en cherchant une explication à cet étrange comportement.

- Et toi ? Ça va ? me demande Betty inquiète.

Ces quelques secondes de violence m'ont complétement retournée.

- Oui ... ça va Betty. ...Ça va aller ... Mais qu'est-ce qu'il a David ? Tu penses que j'ai fait quelque chose de mal ?

- Non ce n'est pas toi. Il était déjà de très mauvaise humeur ce matin.

De mauvaise humeur ? David ? Alors ça pareil, cela ne lui ressemble pas du tout. David est en général le boute-en-train de l'équipe. Non seulement c'est celui qui est le plus attentionné de nous tous, mais c'est également celui qui est toujours là pour remonter le moral des troupes. Je ne me souviens pas avoir déjà vu David l'air triste. Ni même l'avoir vu de mauvaise humeur.

- Et où est-il maintenant ? j'interroge Betty.
- Je ne sais pas. Il est parti.
- Tu crois que je devrais lui courir après ?
- Laisse le...Il est certainement parti prendre l'air pour se calmer. Il va revenir, t'inquiète !

« T'inquiète, t'inquiète ! » Facile à dire ! J'ai l'impression que c'est après moi que David en a, et je me demande bien pour quoi exactement. J'ai du mal à croire que ce soit simplement mon retard de ce matin qui ait pu le mettre dans cet état. Et cela me chagrine beaucoup que David, pour qui j'ai beaucoup d'affection, m'en veuille pour quoi que ce soit. Je ne suis pas du tout à l'aise dans les situations de conflit. Je ne voudrais pas qu'un petit malentendu vienne gâcher toutes ces années d'amitié. Mais bon, je pense que Betty a raison. David est certainement parti se calmer à l'extérieur.

Il reviendra, et lorsqu'il reviendra, je tâcherai de discuter avec lui. Pour l'heure, je dois me concentrer sur mon boulot. Cette journée semble ne pas vouloir se dérouler si facilement on dirait. Pourtant, elle avait si bien commencé. Ce réveil, ce matin, aux côtés de Matthew...mmm, et quelques heures plus tard, j'en viens à me demander si effectivement, je n'aurais pas dû écouter cette petite voix qui me suppliait de rester dans ses bras. Je jette un œil discret sur mon portable. Je m'assure de ne pas avoir manqué d'appels ou de messages de Matthew. Non, rien ! Et en même temps, il est encore un peu tôt. Je tente de me rassurer. Même si secrètement, j'espérais trouver un petit texto de sa part. Je ne vais pas lui envoyer de message. J'aimerais vraiment que ce soit lui qui me recontacte le premier. Je sais, c'est un peu puéril comme réaction. Nous ne sommes plus dans les années 60. Aujourd'hui les femmes ont tout à fait le droit d'assumer leurs sentiments et d'oser faire part de leurs attentes dans une relation amoureuse. Mais je dois être encore un peu vieux-jeu. J'aime que les hommes fassent le premier pas. Cela me rassure... je me sens désirée...

CHAPITRE 7

Le reste de la journée s'est passé plus calmement, sans d'autres mauvaises surprises. David n'est pas réapparu de la journée. J'ai même essayé de le joindre sur son portable à plusieurs reprises, mais à chaque fois, je me suis heurtée à sa messagerie. Betty s'est proposée de passer à son appart après le travail. Elle habite le même quartier. Je commence à m'inquiéter. J'essaie de ne pas trop le montrer, mais je le suis. Une autre chose m'inquiète également. Je n'ai toujours pas eu de nouvelles de Matthew. Rien du tout. Aucun message. Je ne sais plus trop quoi penser du coup. Est-ce que je dois lui en envoyer un ? Oh la barbe, avec mes principes ! J'en viens à me prendre la tête sur des détails sans importance.

Il se fait tard. Je suis épuisée de ma journée, et je continue de me poser des questions existentielles. Je décide donc de rentrer chez moi et de réfléchir à tête reposée à ce terrible dilemme. Le temps de m'arrêter quelques minutes au japonais du coin pour acheter quelques sushis à emporter, et me voilà vautrée sur toute la longueur de mon canapé, le téléphone à la main. Je l'observe. Je tente de communiquer avec lui par la pensée en lui ordonnant de sonner. Mais rien à faire, il ne sonne pas. Je soupire. Allez ! au diable mes convictions ! J'ai envie d'envoyer un message à Matthew. Je vais donc envoyer un message à Matthew ! Reste à savoir quel genre de message je vais lui envoyer …. Théoriquement, nous avons passé la nuit ensemble, donc j'ai tout à fait le droit d'être directe, et de lui dire que j'ai très envie de lui, là, tout de suite. Mais bon, en même temps, si je veux que cette nuit se reproduise, il ne vaut peut-être mieux pas que je lui fasse peur, non ? Je commence à pianoter quelques mots sur mon portable, pour les effacer de suite. Puis je recommence, puis je les efface à nouveau. Pourquoi est-ce si difficile d'écrire un message ? Il me suffit simplement d'être sincère, de lui dire ce que je ressens vraiment. Ce n'est pas si compliqué tout de même. Mais je n'ose pas. C'est alors que mon téléphone se met à sonner. Han ! C'est

Matthew ! Oh mon dieu, c'est lui, c'est lui ! Ma télépathie a fonctionné. C'est merveilleux ! J'attends quelques secondes avant de décrocher. Histoire de reprendre mon souffle d'une part, et d'autre part, je ne veux pas qu'il sente à quel point je me trouvais désespérée devant mon téléphone à attendre son appel.

- Allo ?

- Bonsoir ! me répond Matthew d'une voix suave.

Ouh la la ! rien que ce « bonsoir » me met en transe.

- Bonsoir ! je lui réponds tout aussi chaudement.

- Je suis désolé de ne pas t'avoir appelé plus tôt ! continue Matthew. C'était une journée de dingue aujourd'hui.

- Ce n'est pas grave ! Je le rassure. J'ai eu moi aussi une journée de dingue…

- Vraiment !? Où es-tu ? Tu es rentrée chez toi ?

- Oui, je viens d'arriver… Et toi ?

- Je suis chez ma sœur.

Comme il me l'avait dit en effet. J'entends un peu de musique derrière lui. L'ambiance semble bonne.

- Il y a beaucoup de monde ce soir… Tout le monde est là… La soirée se passe bien...

- Je suis très contente pour toi. Tâche de bien profiter des tiens ce soir !

- …Et toi ? …Qu'est-ce que tu fais ?

- Je me suis pris quelques sushis à emporter, et je vais commencer par me plonger dans un bon bain histoire de bien me détendre après cette journée... avant de les déguster devant un bon film je pense...
- Mmmm... un bon bain ?

Il semblerait que Matthew soit très intéressé par mon programme de la soirée. Je prends un ton plus langoureux histoire de le provoquer un peu plus.
- Oui, ...un bon bain... une eau bien chaude... avec beaucoup de mousse... quelques bougies... un petit fond musical...

Matthew n'hésite pas à entrer dans mon jeu.
- .... Quel genre... de musique ?
- Je ne sais pas.... Un tout nouveau crooner américain... un certain... Matthew...Spencer, je crois...

J'entends son sourire à travers le téléphone. Son si beau sourire...
- Ah oui, je crois que je connais...un mec bien d'après ce que j'ai entendu dire...
- Oui, j'aime beaucoup...

....

- Lisa...Je...

C'est alors qu'il s'interrompt. A priori, quelqu'un vient lui parler. J'entends quelques murmures autour de lui.

- Lisa… Il faut que je raccroche…. Je te rappelle un peu plus tard, OK ?
- OK ! Je serai sûrement dans mon bain !

Cette dernière allusion le fait rire. Je raccroche dans un grand soupir. Oh mon dieu, la conversation devenait vraiment …. Intéressante… Mais qu'allait-il me dire avant d'être dérangé ? J'ai senti un bref instant un ton plus grave. Que s'apprêtait-il à dire ? Bon peu importe, je le saurais bien assez tôt, je pense. Il me rappellera certainement tout à l'heure, et nous reprendrons notre discussion. En attendant, je vais faire ce que je lui ai dit : je vais me prélasser dans un bon bain. Quelques minutes pour le faire couler, j'allume quelques bougies, je pose mon téléphone sur l'enceinte. Je m'enfonce dans cet imposant nuage de mousse. Ça y est, je peux enfin me détendre. Je suis totalement soulagée puisque Matthew m'a appelé. Entendre sa voix était exactement ce qu'il me fallait pour oublier un instant cette altercation avec David. Ce n'est vraiment pas sans raison si Matthew a fait de la chanson sa carrière. Sa voix chaude a des vertus très apaisantes. Je ne me lasserais pas de l'entendre encore et encore. Et je continue en la laissant résonner dans ma salle de bain par le biais de mon téléphone. Matthew entonne maintenant la chanson « One more night » dans laquelle il supplie celle qu'il aime de lui laisser une dernière nuit afin de lui prouver son amour. La promesse qu'il fait de l'aimer jusqu'au bout de la nuit me plonge dans mes souvenirs. Je me rappelle de notre nuit. Il me suffit de fermer les yeux, et j'y suis à nouveau. Je le revois. Je sens à nouveau son corps contre le mien. Je sens son souffle sur ma peau. Ces souvenirs m'envoutent. Ma main se pose naturellement sur mon corps et retrace délicatement le chemin que Matthew a dessiné avec sa bouche. Mon excitation commence à monter. Je rêve de ses mains, de sa langue. Ma poitrine se tend de désir. Mes doigts se posent sur mon intimité et viennent frôler le pourtour de mon clitoris. Le rythme lancinant de cette musique accompagne mes gestes. J'imagine Matthew ne chantant que pour moi. Il est là. Il m'observe. Je suis sûre qu'il se délecte du spectacle. Il se tient prêt à intervenir. Prêt à bondir, lorsque j'aurais besoin de lui. Mais pour l'instant, je suis seule aux commandes. Je réponds aux appels de mon corps. Je suis en transe. Mes doigts savent exactement ce qu'il faut faire. Je m'abandonne à mes caresses. Mon clitoris se gonfle. La sensibilité de cette zone érogène se fait sentir. Mon corps exulte. Mes muscles se contractent. Je jouis. Je suis emportée par la voix de Matthew qui murmure « Oh… give me… » à ce moment précis. Oh mon dieu ! C'est incroyable l'état dans lequel cet homme me met. Mon corps est tout tremblant. Je rouvre les yeux et remercie la voix de Matthew sortant de mon téléphone pour ce moment si intense. Mais si seulement il avait été là !

Soudain, j'entends sonner à la porte. Tiens ! Qui cela peut-il bien être ? Je jette un œil sur mon téléphone pour voir l'heure. 23h37 !? Mais qui peut bien venir à cette heure si tardive ? Je quitte alors mon bain à contrecœur. J'enfile mon peignoir et me dirige vers la porte. Je ne vois vraiment qui peut venir me déranger à cette heure-ci, mais une chose est sûre c'est que cela doit être urgent pour insister autant sur la sonnette. Qu'est-ce qu'il se passe ? Je commence à m'inquiéter.

J'ouvre la porte. Matthew ! Matthew se tient là, juste devant moi. Les mains de part et d'autre du chambranle de la porte. Mais que fait-il là ? Comment est-ce possible ? Pourtant il est bien là. Dans son jean moulant, il est face à moi. Ce qu'il est beau ! Je dirais même terriblement sexy ! Son regard pénétrant sur moi.

- Mais... Comment... ? ...Je veux dire.... Comment es-tu... ?

Je suis tellement surprise de le trouver derrière ma porte, que j'en perds mes mots. Matthew ne me

laisse pas le temps de réfléchir plus longtemps, il se précipite vers moi et s'empare immédiatement de mes lèvres. Je ne résiste pas un seul instant. Vu en plus l'état fébrile dans lequel je me trouvais il y a quelques minutes, je ne suis pas du tout en état de résister. Sans dire un mot, Matthew pose ses mains de part et d'autre de mon visage, et continue de m'embrasser fougueusement. De son pied, il claque la porte derrière lui. Je n'arrive absolument pas à comprendre ce qu'il se passe. Mais peu importe, je me laisse faire. Je cherche à le débarrasser de sa veste tout en restant collé à ses lèvres. Et une fois cela fait, je m'attaque à son t-shirt pour qu'il prenne le même chemin. Matthew descend alors ses mains le long de mon corps, et saisit mes fesses pour me soulever avec force contre lui. Mon peignoir s'entrouvre, et mes jambes s'enroulent naturellement autour de lui, découvrant ainsi toute mon intimité encore humide à sa vue.
- Ta chambre…. me demande Matthew dans un souffle.
Je lui indique brièvement la direction. Il ne tarde pas à nous faire entrer dans la pièce, et me pose sur le lit. Matthew se tient au-dessus de moi en appui sur ses avants bras. Il me regarde intensément. Ses yeux se plongent dans les miens et en un instant me rassurent. Nous nous sourions. Trop heureux de

nous retrouver. Mon peignoir n'a pas résisté au chemin parcouru depuis la porte d'entrée, et ne tient à présent que par un simple nœud presque lâche. Matthew n'aura besoin que d'un doigt pour le faire complétement céder. Le vêtement s'ouvre alors totalement sur mon corps totalement nu et encore légèrement moite. Matthew m'observe.

- Tu es magnifique ! murmure-t-il.

Je sens mes joues s'empourprer. Une espèce de chaleur envahit mon corps. Et ce feu se propage sur toutes les parties de mon corps que Matthew contemple. Je gémis. Je supplie du regard ce magnifique bourreau pour qu'il me touche enfin. Mais il n'en fait rien. Son sourire en coin me fait même penser qu'il s'amuse de la situation.

- Ce que tu es belle ! J'ai très envie de toi ! continue Matthew.

- Je te veux Matthew ! Prends-moi maintenant... Je ne tiendrais pas plus longtemps ! je l'implore.

- Tu me rends fou ! lâche-t-il dans un soupir.

Matthew reprend de plus belle ses baisers dans mon cou, puis il descend un peu plus sur mon corps. Sa bouche atteint alors ma poitrine. Sa langue titille mon téton totalement durci par le désir. Mon corps se cambre comme pour aller à la rencontre de sa bouche. Je voudrais qu'il me mange toute entière. J'aimerais sentir sa bouche partout en même temps.

Je suffoque. Je ne contiens plus cette respiration haletante qui me ferait presque m'évanouir tant je suis impatiente d'en avoir plus. J'en veux plus. Matthew continue sa descente le long de mon ventre. Il ne perd pas un instant pour arriver au niveau de mon intimité. Je l'entends râler de plaisir. Il écarte délicatement l'intérieur de mes cuisses pour y trouver sa place. Effleure de sa langue mon clitoris totalement gonflé de désir. Cette caresse m'électrise. Je réagis par un gémissement. Ce gémissement motive Matthew à recommencer de plus belle. Il se sert très habilement de sa langue pour jouer avec cette boule de nerfs, pendant que ses mains se promènent lascivement sur mon ventre, mes hanches. J'ai l'impression que je vais perdre pied d'un instant à l'autre. Je sens la jouissance monter en moi. Je ne peux pas lutter. Sa langue revient encore et encore sur cet objet de désir. Il le suce, l'aspire. C'est divin. Je n'ai jamais ressenti pareille sensation. Je ne contrôle plus rien. Je m'abandonne totalement à lui. Je jouis. Ma jouissance est si forte que Matthew est obligé d'user de sa force pour maintenir mon corps sur le lit. Pendant plusieurs secondes, je suis au paradis. Je suis dans un autre monde. Je ne sais plus du tout où je suis. Ma vue se trouble. Je sens des larmes couler sur mes tempes. Des larmes de joie bien sûr. Puis

Matthew se relève. Il sourit. Il semble satisfait de lui, du plaisir qu'il vient de me procurer. En un tour de main, se débarrasse de son Jean et de son caleçon. Il se retrouve à présent nu devant moi. Je constate que son désir est bel et bien là. Son érection est impressionnante. Je n'ai qu'une envie : la sentir en moi. Et cette fois, Matthew ne se fait pas plus attendre. Il se positionne devant moi et enfouit cette énorme queue dans ma chatte liquéfiée. D'un grand coup de rein, il entre tout entier. Je gémis un peu plus. Enfin, je le sens. Enfin, il me domine. Mais il n'arrête pas. Matthew emploie toute son énergie dans ses va-et-vient délicieux. Ses mouvements se font de plus en plus rapides. Il grogne de plaisir. Je l'observe. Le voir ainsi me procure encore plus de sensations. La jouissance revient, mais cette fois, il est avec moi. Nous arrivons tous les deux au point ultime. Nos corps se contractent. Matthew lâche un râle. Nous explosons tous les deux en parfaite harmonie. Ce qu'il est beau ! Il est magnifique ! Son corps semble comme vidé de toute son énergie. Il s'écroule sur moi mais ne m'écrase pas. Matthew se retient sur ses avant-bras. Il dépose quelques baisers sur mes lèvres, et roule sur le côté, totalement exténué. Je sens son souffle rapide. Les battements de son cœur sont perceptibles à travers sa poitrine. Je le regarde. J'essaie moi aussi de

reprendre mon souffle. Je me sens bien. Je me sens merveilleusement bien. Je suis aux anges. Le monde peut bien s'écrouler, plus rien ne compte mis à part ce moment précieux que nous venons de partager Matthew et moi. Je l'en remercie. Car grâce à lui, je me sens la personne la plus heureuse sur cette Terre à ce moment précis. Tellement heureuse que les larmes continuent de couler de mes yeux. Matthew le remarque.
- Eh ! s'inquiète -t-il. Qu'est-ce qu'il y a ? …. Ça ne va pas ?
Du revers de ses doigts, il efface délicatement quelques-unes de ces larmes.
- Tout va bien, ne t'inquiète pas ! je le rassure. Ce sont des larmes de bonheur.
- Des larmes de bonheur !?
Ma réponse semble le surprendre.
- C'était merveilleux Matthew ! C'était totalement incroyable ! TU es incroyable !

Mes mots le font sourire timidement.
- C'est toi qui es incroyable ! me répond-t-il. Tu me rends fou ! … Je crois que je n'aurais jamais dû te laisser partir ce matin… Je n'ai pas arrêté de penser à toi de toute la journée. Tu obsédais toutes mes pensées !

Ses mots me touchent, et pourtant je n'arrive pas à croire ce qu'il me dit. Moi, une simple petite journaliste, je provoquerais chez Matthew un tel chamboulement ? Lui, la star interplanétaire de mon adolescence ? S'il avait la moindre petite idée de ce que lui a pu provoquer chez moi toutes ces années passées.

- Non... arrête ! Je ne te crois pas !
- Je t'assure ! ...Je n'ai jamais ressenti cela auparavant ! J'avais besoin de te voir.... J'avais besoin de te toucher...

Il balaie délicatement de ses doigts les quelques mèches de cheveux sur mon visage. Il me regarde si intensément. Je craque. Il y a comme quelque chose à l'intérieur de moi qui se contracte, comme si quelque chose allait imploser. Mon cœur ?

Je pose la main sur le sien, sur son torse encore tout chaud. Je le sens battre. Il bat fort. Comme le mien. Je sais que Matthew est sincère. Je ne peux absolument pas imaginer le contraire. Mais qu'est-ce que je dois penser ? Matthew est très certainement en train de me faire une déclaration, là en ce moment, mais le pensera-t-il encore demain ? L'euphorie du moment ? .... Nous ne nous connaissons que depuis hier en fin de compte, c'est peut-être l'attrait de la nouveauté qui le fait parler ainsi. Han ... j'aimerais tellement y croire.... Pour ma part, mes sentiments sont exactement ceux qu'il vient de décrire…. Mais moi, cela fait des années que je ressens ces choses-là. Pas seulement depuis hier soir…Est-ce que cela serait possible ? Lorsque je regarde Matthew dans les yeux, j'ai le sentiment que cela peut être possible. Matthew serait très attaché à moi… ?

CHAPITRE 8

Nous passons la nuit blottis l'un contre l'autre. Nos corps ne peuvent définitivement plus se décoller. J'imaginais que Matthew partirait rejoindre sa famille pour reprendre le cours de sa soirée. Mais absolument pas. Il reste toute la nuit à mes côtés. Ses bras musclés m'entourent jusqu'au petit matin. Le réveil est encore plus doux que celui de la veille. Divinement bon !

J'ouvre un œil. Je sens la respiration de Matthew sur ma nuque. Je n'ose pas bouger car j'ai peur de le réveiller. Mais au bout de quelques secondes, je sens le corps de Matthew se réveiller à son tour. Ses bras se resserrent un peu plus autour de moi. Quelques baisers se posent dans mon cou. Puis une voix grave brise le silence, en lançant un « bonjour ». Quelle douce mélodie ! Je voudrais que ce moment ne s'arrête jamais. Matthew me bascule pour que je me retrouve face à lui. Il pose un délicat baiser sur mes lèvres. Il me sourit. Oh mon dieu ce sourire ! Chaque jour, j'ai l'impression que ce sourire gagne de plus en plus en charme.

- Bien dormi ? me demande Matthew.

- Mmmm…Je n'ai pas envie de me réveiller… ! je grogne.

Je me blottis un peu plus dans le creux de son épaule. Je suis si bien.

- Tu ne dois pas aller travailler, dis-moi… ?

Pfff, mais comment peut-il me poser cette question ? Je me retrouve peau à peau près d'un homme au corps de rêve, et là, il me ramène à la réalité en me parlant de mes obligations professionnelles… Je soupire. J'entrouvre un œil pour regarder l'heure de mon réveil. 7h02. Le soleil perce déjà à travers le rideau, mais il est encore tôt. Je réfléchis brièvement aux options qui peuvent s'offrir à moi, mais le parfum de la peau de Matthew aura raison de ma réflexion. Je ne ferai pas deux fois la même erreur. Je ne partirai pas cette fois.

- Non ! Je ne vais pas travailler…. Je vais appeler le bureau pour leur dire que je suis souffrante…. Je vais leur dire... qu'un terrible symptôme me cloue au lit et m'empêche d'en sortir...

- Vraiment ?... Mais c'est dingue.... J'ai l'impression que ce symptôme est extrêmement contagieux... Il se pourrait que j'aie attrapé la même chose !
Nous rions tous les deux. Mais très vite, je m'arrête de rire. Je pense soudain au fait que dans très peu de temps, Matthew partira. Il devra rentrer chez lui. A Boston. Dans quelques heures, je ne sentirai plus ses bras enlacer mon corps. Et jusqu'à quand ? Dans combien de temps pourrons nous nous revoir ? Est-ce qu'au moins Matthew aura envie de me revoir ? Une fois rentré chez lui, il reprendra le cours de sa vie. Est-ce qu'il continuera de penser à moi ? Toutes ces réponses m'effraient. J'ai trop peur.
- Tu vas bientôt partir ! je lui dis.
J'essaie de ne pas trop lui montrer mon inquiétude. Mais Matthew s'en aperçoit tout de même. Peut-être parce que lui aussi ne semble pas très heureux de partir.
- Oui…. Je dois rentrer …. Aujourd'hui…
Le silence se fait.
- Je vais rentrer…. Mais je vais revenir très vite ! continue Matthew. Je dois terminer quelques petites choses pour l'album, et après je pourrais revenir…

- Vraiment ? Je lui demande timidement…Tu vas revenir ?

- Mais bien sûr que je vais revenir…. Tu pensais que non ?

- …Je ne sais pas…je me suis dit que bientôt, tu allais reprendre ta carrière, donc…tu vas être très occupé…

- Occupé, oui bien sûr…. Mais je peux tout de même consacrer un peu de temps aux autres…

Je souris. Ces propos me rassurent. Du moins pour l'instant. Parce qu'une fois qu'il aura vraiment repris sa carrière, peut-être qu'il changera d'avis…Matthew est très bel homme, je le sais bien, et dans ce milieu, les sollicitations ne manquent pas… Comment est-il possible de ne pas céder ? Je ne devrais pas penser à ce genre de choses…. Je ne veux pas sombrer dans la paranoïa.

Pour l'heure, je dois rester concentrer sur notre instant. Matthew est encore là, avec moi, totalement nu dans mon lit, et les baisers qu'il commence à déposer sur ma peau me font comprendre que lui aussi préfère se concentrer sur l'instant présent… Il nous reste encore un peu de temps, alors Matthew suggère que nous arrêtions de penser, et lentement, il me fait l'amour.

Cette journée commence vraiment bien ! Je suis sur un petit nuage. Après notre câlin matinal, Matthew se lève pour préparer le petit déjeuner. Je l'entends fouiller dans la cuisine à la recherche de ce qui pourrait nous rassasier. Malheureusement, je ne suis pas sûre qu'il puisse trouver son bonheur. Je ne suis pas souvent chez moi, en fait. Alors, je stocke très peu de nourriture. Et puis, pour ma défense, je n'avais pas vraiment l'intention de recevoir du monde hier soir…donc je n'ai pas prévu d'acheter de quoi manger.

J'enfile son t-shirt, et je le rejoins dans la cuisine. Je constate que Matthew a très vite trouvé ses marques, puisqu'il a réussi à trouver un peu de café, et s'apprête à faire cuire quelques œufs encore présents dans le frigo. Cette image de lui, en train de cuisiner des œufs au plat, torse nu avec simplement son jean sur lui, m'amuse. Matthew me propose de m'assoir, et apporte sur la table, le café accompagné de quelques tartines de pain, et les œufs tout juste préparés. Je n'imaginais pas qu'un jour je serais en train de me faire servir le petit déjeuner par Matthew Spencer ! qui plus est dans mon appart ! Tiens oui d'ailleurs, comment est-il arrivé jusqu'à chez moi ? Je ne me souviens pas lui avoir donné mon adresse ?

- J'ai demandé à Dylan de se renseigner, me répond-t-il. Lorsque je suis parti à la soirée … j'ai appelé Dylan, et je lui ai demandé de me trouver ton adresse. J'ai réalisé qu'il ne me resterait plus beaucoup de temps avant mon départ, alors je me suis dit que peut-être…. Je pourrai passer te voir ensuite…. Mais lorsque je t'ai appelé… j'ai compris que je ne pourrai certainement pas attendre la fin de cette soirée…. Et puis Dylan est arrivé avec l'adresse…. Donc… je n'ai pas réfléchis plus longtemps.

Oh ce que c'est charmant ! Matthew a tout manigancé. Je comprends mieux alors la réponse de Betty lorsque je lui ai envoyé mon sms ce matin pour lui dire que j'étais souffrante. Ses émoticônes cœur en guise de réponse…. Elle devait se douter que je n'étais pas complétement malade, puisque c'est elle qui a dû indiquer mon adresse à Dylan… Qui d'autre autrement ? Et elle ne m'a pas prévenue ! Quelle vilaine cachottière ! Je ne dois pas oublier de la remercier surtout….

Donc après ce savoureux petit déjeuner, Matthew finit de se rhabiller et s'apprête à partir.
- Mon avion décolle dans deux heures, me dit-il. Je vais repasser à l'hôtel prendre une douche,

récupérer mes affaires, et je file à l'aéroport ensuite….

Haaaannn, je ne veux pas le laisser partir. Alors qu'il s'apprête à franchir la porte, je passe mes mains sur sa nuque, et je l'embrasse passionnément.

- Mais, comment veux-tu que je parte, si tu m'embrasses comme ça ? me demande Matthew aussi déçu de devoir partir.

- Mais je ne veux pas que tu partes ! je lui réponds avec toute la sensualité possible dans ma voix.

- Grrrrrr…tu me rends fou ! me murmure-t-il.

Ses bras m'enserrent contre lui. Je réalise que ces propos sont tout à fait exacts, puisque je ressens son érection grandissante contre moi.

- Je ne sais pas comment je vais faire pour me passer de toi ! ajoute-t-il dans le creux de mon oreille.

Ses paroles me font frissonner.

- Oooh Matthew … moi non plus, je ne vais pas réussir à me passer de toi…. Tu vas me manquer terrrrrrriblement…

Ses mains s'enfoncent dans mes cheveux. Matthew m'embrasse fougueusement.

- Toi aussi, tu vas me manquer….

Sa voix devient plus rauque, comme étranglée par l'émotion du départ. Ma gorge aussi se resserre un peu.

- Je t'appelle dès que j'arrive, OK ?
- OK !

Et c'est à ce moment que mes larmes montent. Des larmes de tristesse, cette fois. Je le sens. J'essaie coûte que coûte de les retenir. Je ne veux pas que Matthew me voit pleurer. Non, je ne veux pas ….

Un dernier baiser sur mes lèvres, et Matthew passe la porte. Il disparaît. Descend l'escalier sans se retourner. Je referme la porte, et je m'effondre. Le front contre cette porte qui me sépare de lui maintenant, je laisse s'échapper toutes ces larmes qui ne demandaient qu'à couler. Elles coulent. Je ne peux plus les arrêter. Il me manque déjà. Je me sens vide à l'intérieur. C'est comme si Matthew était parti avec un morceau de moi. Oh mon dieu ce que c'est dur ! Je ne sais même pas quand je le reverrais exactement. J'ai l'impression que ce baiser était un adieu, l'impression que le rêve vient de prendre fin…que jamais je ne le reverrais. Et c'est cette pensée qui fait que mes larmes coulent de plus belle. Je saisis mon téléphone, car à partir de ce jour, je vais vivre le téléphone greffé à ma main et ce jusqu'à la fin de mes jours, et je rejoins péniblement mon lit. L'odeur de Matthew y est encore très présente. Je le sens. Je me blottis dans les draps tous froissés où nous avons encore fait l'amour il y a quelques minutes à peine, et je pleure.

Je pleure tout en me remémorant les moments partagés avec lui.

J'ai dû m'assoupir quelques heures. Ce sont les vibrations de mon portable qui me ramènent à la réalité. C'est un message de Matthew. Il m'envoie juste un petit sms pour me dire qu'il est sur le point de prendre l'avion, et qu'il pense très fort à moi. Je suis touchée. Son message me fait très plaisir. Même si cela ne me réconforte pas autant que je le souhaiterais, il a le mérite de me redonner un peu de sourire. Je lui réponds qu'il me manque terriblement, et je lui souhaite bon voyage. Je n'aurai pas de nouvelles de lui avant quelques heures maintenant. Je vais donc en profiter pour aller me doucher. Je ne suis pas spécialement motivée, mais il faut que je réagisse avant de sombrer dans une terrible dépression. Mais je ne suis pas prête pour autant à retourner travailler. Cela peut bien attendre demain…

CHAPITRE 9

Le réveil sonne. Il est sept heures. Il me faut bien plusieurs minutes avant de réaliser quel jour nous sommes, et ce qui m'attend aujourd'hui exactement. Ah oui, nous sommes mercredi, et je dois aller travailler…. Je soupire. Cette pensée ne me fait pas particulièrement plaisir, surtout que les souvenirs de Matthew me reviennent d'un coup en pleine tête. Et la sensation de manque aussi par la même occasion. Pourtant, nous avons passé une bonne partie de la nuit, Matthew et moi au téléphone. Pendant plus de cinq heures, une fois arrivé chez lui, nous avons parlé de tout et de rien, après avoir échangé des tonnes de messages toute la journée d'hier… Mais rien à faire, je suis toujours dans ce même état de manque. Comment faire ? Peut-être que d'aller travailler me permettra de soigner un peu cette souffrance, et de penser à autre chose… ? Donc à contre cœur, je me prépare pour me rendre au bureau.

Lorsque j'y arrive, je retrouve Betty qui ne manque pas de prendre de mes nouvelles. Et le fait est que ma mine quelque peu dévastée ne la rassure pas vraiment sur mon état.

- Oh mon dieu ! Tu as une mine affreuse, ma chérie !

Trop aimable. Mais je sais bien qu'elle a raison. Je me suis regardée brièvement dans le miroir en me préparant ce matin, et le peu que j'en ai vu ne m'a pas particulièrement plu, c'est vrai. Mon regard de chien battu répond à Betty. Elle comprend que je ne souhaite pas m'étendre sur le sujet, alors elle n'insiste pas. Mais sa présence bienveillante me réconforte et m'aide à affronter la journée. Cette journée, qui pour moi, est très longue. Je passe le plus clair de mon temps à surveiller mon téléphone. Chaque sonnerie me fait sursauter. Et lorsque je reçois un message de la part de Matthew, je sombre un peu plus dans le spleen.

A la fin de la journée, Betty m'invite à sortir prendre un verre. Enfin « inviter » est un bien grand mot, car à vrai dire je n'ai pas eu le choix. Nous nous retrouvons donc toutes les deux au bar du « Hard Rock Cafe », à siroter deux tequilas sunrise. Betty ne me pose aucune question. Elle se contente de me parler de ses derniers déboires avec un dénommé Franck. Histoire de me divertir... Me parle du boulot pour me changer les idées.

- On est toujours sans nouvelles de David ! me dit Betty.

Ah oui, je l'avais complétement oublié celui-là !

- Vraiment !? Mais comment c'est possible ... ?
- Enfin...si... Il est revenu hier matin. Mais ... je ne sais pas ce qu'il s'est passé.... Il est reparti au bout de quelques minutes...
- Comment ça « reparti » ?
- Il s'est énervé...Personne n'a rien compris une fois de plus...et il est reparti ! Vraiment, je ne sais pas ce qui lui arrive en ce moment. Il est très bizarre !

Avec tout ce qu'il s'est passé avec Matthew dernièrement, j'ai réussi à totalement occulter cet incident avec David. Je sens Betty inquiète. Et elle a raison. Ce comportement agressif ne ressemble pas à David. Surtout que Betty a même tenté de se rendre chez lui, comme elle avait prévu de le faire après ce premier incident. Et il a refusé de lui répondre. Betty a eu beau insister, David a délibérément laissé sa porte fermée. Nul doute, il y a un problème. Mais comment faire ? Si David refuse de se confier à qui que ce soit, il nous sera difficile de lui venir en aide. Nous ne savons même pas quel est le problème. Il faudra se concerter avec l'équipe demain, afin de trouver une solution. A plusieurs, nous arriverons certainement à trouver un moyen d'aider David. Pour l'heure, je rentre chez moi. Je suis exténuée, et Matthew ne va pas tarder à me téléphoner….

Lorsque Matthew appelle, nous parlons de tout et de rien pendant des heures. Le fait de discuter aussi longtemps nous aide à combler le manque physique que nous ressentons l'un et l'autre. C'est loin d'être suffisant bien sûr, mais c'est un peu plus supportable. Matthew m'explique que ses affaires avancent bien. La sortie de l'album est bientôt bouclée. Elle devrait être prévue d'ici un mois. Il a vraiment hâte. Il lui faut également finaliser les détails du marketing. C'est ce qui nécessite sa présence d'ailleurs. C'est son projet, il est donc normal qu'il soit présent pour faire en sorte que tout se passe comme il le souhaite. Une fois que tout sera finalisé, Matthew envisage de revenir quelques jours à New York. D'après lui, ce devrait être possible d'ici une dizaine de jours. Et lorsqu'il sera là, nous ne nous quitterons pas jusqu'à son prochain départ. Matthew sera constamment sollicité lorsque la commercialisation commencera. Différentes interviews des magazines, émissions de télé et j'en passe. Ces journées ressemblent parfois à des marathons, sur lesquelles s'enchainent des dizaines de rendez-vous à la suite. Il est donc important pour lui de prendre quelques jours de repos avant d'entamer ce type d'exercice. Je ne lui promets pas le repos absolu, mais nous tacherons de profiter au maximum de ce moment. J'ai hâte !

- J'espère au moins, que tu auras l'occasion de faire mon interview tout de même… ? me taquine Matthew.

- Oh mais ce ne sera pas encore le moment des interviews, dis-moi… Nous devrons nous revoir quand le moment sera venu pour ça…. Je ne prévois pas de travailler quand tu seras là…

Ce qui fait rire Matthew.

- D'ailleurs, je risque d'avoir un petit problème à ce sujet…

- Un problème ?

J'explique ce qu'il s'est passé ces derniers jours avec David. Matthew se sent désolé de savoir que cette situation m'affecte. Et regrette de ne pas être à mes côtés pour me réconforter. Et moi donc…

La semaine touche à sa fin. J'ai très envie de dire « enfin », mais en même temps, je sais très bien que je vais devoir passer ce week-end seule, sans Matthew. Cette idée ne m'enchante pas. Je dirais même que j'appréhende énormément. Matthew, lui, passera tout son temps au studio pour terminer l'album. Il préfère s'y consacrer au maximum afin de se libérer au plus vite.

Betty me propose de sortir ce soir. Elle cherche à tout prix à me changer les idées. Elle est adorable. C'est une véritable amie sur qui l'on peut compter. Toujours de bonne humeur, toujours dynamique, elle ne supporte pas que l'on puisse être triste ou déprimé. Alors si elle peut être utile pour remédier à cet état, elle n'hésite pas un seul instant. Donc ce soir, nous nous rendrons au Sky Room dans la 40ème rue pour un Happy Hour sur le thème de la salsa. Je ne tiens pas particulièrement à danser, mais Betty aime ça...

Pour l'heure, je termine un peu d'administratif, puis nous partirons toutes les deux directement. Betty entre dans mon bureau. Son air est grave.

- Ooola ! je m'exclame. Ce n'est pas une si mauvaise idée que ça le bar à salsa... Ne fais pas cette tête !

Betty ne réagit pas à mon humour. Bien au contraire. Elle garde son air grave, et ne prononce pas un mot. Je la regarde inquiète.

- Qu'est-ce qu'il y a ?... Betty ?.......Que se passe-t-il ?......Tu m'inquiètes !

Toujours sans un mot, Betty s'avance vers moi, et me tends la tablette qu'elle tient en main. Je ne comprends pas ce qu'elle essaie de me dire. Je jette un œil à cette tablette.

- OH MON DIEU ! je m'écrie.

C'est avec stupeur que je découvre les photos à la une du *People Life magazine*, notre principal concurrent. Des photos de Matthew et moi en train de nous embrasser en pleine rue. Des photos prises vraisemblablement à la sauvette. Il y en a des dizaines…Et là…Ce sont des photos de nous deux au restaurant… Mais…. Je ne comprends pas …. Que font ces photos à la une de ce magazine ? Et surtout qui a pris ces photos ? J'ai beau chercher, je ne trouve aucune signature. Je ne comprends pas…

- Je suis désolée ! murmure Betty. Mais… ce n'est pas tout…tu devrais…lire l'article.

L'article ? Je regarde Betty les yeux écarquillés. Je suis totalement prise de panique. Qu'est-ce qu'elle peut bien vouloir dire ? Si elle me demande de lire l'article, c'est que cela doit être pire que les photos.

Je reprends la tablette et continue jusqu'à l'article. Je découvre les gros titres : « La nouvelle conquête de Matthew Spencer raconte : les confidences de Matthew après l'arrêt de sa carrière ! Doutes, dépression… ». Mon dieu quelle horreur ! Mais qu'est-ce que c'est que cet article ? Je continue de faire défiler les pages. Je suis catastrophée. Chaque mot résonne dans ma tête comme un véritable cataclysme. Je deviens toute tremblante. J'ai peur de lire plus. Je tente d'essuyer les larmes qui commencent à couler. Cet article est une pseudo interview de moi qui rapporte tout ce que Matthew a pu me confier lors de notre premier rendez-vous. Ses doutes, ses angoisses, sa période de dépression après avoir mis un terme à sa carrière... Toutes les choses intimes qu'il m'avait livré en toute confiance étaient inscrites noir sur blanc dans cet article. Quelle catastrophe ! Mais comment est-ce possible ? Je ne comprends rien...Comment toutes ces informations ont-elles pu se retrouver dans ce journal ? Qui a écrit cet article ? Je me sens dévastée, et en même temps il y a une certaine rage qui monte en moi. Je cherche par tous les moyens une explication, mais rien, je n'en trouve aucune.

- Est-ce que ça va ? me demande Betty, qui se doute bien que ce qui est en train de se passer est catastrophique.

- Je ne sais pas.... Je ne comprends pas... Qu'est-ce que c'est que cette histoire ?

- Je ne sais pas, moi non plus ! me répond Betty. Elle est aussi consternée que moi.

- Betty, tu te doutes bien que ce n'est pas moi qui ai écrit cet article…hein ? Tu sais bien que ce n'est pas moi !!

Je tente de me justifier, comme si c'était nécessaire. Mais je suis perdue. Je ne comprends pas qui d'autre que Matthew et moi peut avoir eu connaissance de ces informations. Même Betty n'était pas au courant de ce que nous nous sommes dit. C'est insensé !

- Bien sûr, je le sais ! …Mais qui ça peut bien être dans ce cas ?

Les seuls au courant de notre rendez-vous tout d'abord : les membres de l'équipe. Mais non, je ne veux pas croire que l'un d'entre eux nous ait filé, ce soir-là, dans le but de prendre ces photos, et de les revendre à notre concurrent… Et pourquoi notre concurrent ? A moins que quelqu'un ait tout simplement revendu le tuyau et que le *People Life Magazine* se soit occupé de leur propre investigation. Non, je n'arrive pas à croire que l'un de nous ait pu faire ça ! C'est impossible !

- Est-ce que ça peut être un membre de l'équipe de Matthew ? me demande Betty.

Matthew ! Oh mon dieu ! Mais qu'est-ce qu'il va penser de tout ça ? Mais qu'est-ce que je vais bien pouvoir lui dire ? C'est horrible ! Il faut à tout prix que je l'appelle. Je dois lui parler. J'attrape mes

affaires, et je file directement chez moi. Je suis terrifiée à l'idée que Matthew ait pu déjà voir ces images. Comment va-t-il le prendre ? Je peux imaginer sa déception, s'il pense que je suis vraiment à l'origine de cet article. Oh non, pas ça !
Un fois que j'arrive à mon appartement, je saisis mon téléphone, et j'appelle Matthew. Messagerie. Je réessaie. A nouveau la messagerie. Oh non, pourvu qu'il ne soit pas déjà au courant. Je réessaie encore une fois, puis encore et encore. Rien à faire, je tombe à chaque fois sur la messagerie. Au fur et à mesure que les minutes passent, mon angoisse monte de plus en plus. J'écris un message à Matthew lui demandant de me rappeler le plus vite possible. Je ne peux rien faire de plus pour l'instant. Je suis obligée d'attendre. Mais cette attente est interminable. Je tourne en rond dans cet appartement en essayant de trouver une explication. Mais la panique m'empêche de réfléchir. Je suffoque. J'ai du mal à respirer.

Cela fait plus de quatre heures maintenant que j'attends désespérément des nouvelles de Matthew. Et toujours rien. Matthew ne m'a toujours pas rappelé. Je suis plus qu'inquiète. J'ai ce mauvais pressentiment qui ne me quitte plus. Je suis sûre que Matthew est au courant, et qu'il doit être furieux après moi. Les larmes viennent. Je n'aurais peut-être pas l'occasion de m'expliquer. Matthew doit penser que je l'ai trahi, et nul besoin d'explication lorsque la preuve flagrante d'une trahison se trouve juste sous votre nez. Il ne me rappellera jamais, et n'aura aucun mal à m'oublier. Je m'effondre. Les larmes coulent sans s'arrêter. Mon cœur se serre à l'idée que ce scenario soit plus que probable. Je décide tout de même de rappeler Matthew, et cette fois, de lui laisser un message vocal sur son répondeur. J'essaie tant bien que mal de m'expliquer. Je laisse un message, puis deux, puis trois… Je tente de le convaincre de me rappeler avant tout… mais rien à faire, je n'ai toujours aucune nouvelle. Seule Betty me rappelle. J'ai d'ailleurs cru que c'était Matthew. Mon cœur a failli sortir de ma poitrine lorsque mon téléphone s'est mis à sonner. Mais ce n'est que Betty. Elle veut savoir si j'ai réussi à joindre Matthew. Je lui réponds que non…

Je m'endors quelques minutes après son appel. Tout ce stress a eu raison de moi, et m'emporte alors que je scrute sans fin l'écran de mon portable. Je me réveille au petit matin, avec cette sensation désagréable de désespoir. A peine, j'ouvre les yeux, que de suite je me remémore la situation dans laquelle je me trouve. Je regarde mon téléphone

pour voir si par miracle, un message de Matthew serait arrivé pendant que je me suis assoupie. Mais rien du tout. Toujours rien. Je tente une nouvelle fois de l'appeler. Matthew ne décroche toujours pas. Je ne sais plus quoi faire. Han DYLAN ! Mais peut-être que je peux essayer de joindre Dylan ! Mais oui bien sûr ! Pourquoi ne pas y avoir pensé plus tôt ? Il me reste encore un espoir... Je tente aussitôt cet appel. Messagerie. Oh bon sang, tous les éléments se liguent contre moi. Dylan, également, est sur messagerie ! Je réessaie. J'insiste. Dylan est certainement le dernier espoir qu'il me reste, alors il faut que j'arrive à le joindre. Force est de constater que la persévérance finit par payer parfois. Dylan décroche après une vingtaine d'appels. C'est un énorme soulagement que d'entendre sa voix, même si bien sûr je préférerais que ce soit celle de Matthew...
- Oh Dylan ! ...enfin !...je suis contente de t'avoir...
Dylan ne dit pas un mot.
- Dylan, il faut ABSOLUMENT que je parle à Matthew ! Je dois à tout prix réussir à le joindre !
Ma voix est déterminée, mais en réalité je n'en mène pas large. Car si Dylan refuse de m'aider, je cours à la catastrophe. Après un bref silence, Dylan s'exprime enfin.

-...Je suis vraiment désolé, Lisa, mais je ne peux rien faire pour toi !

Son ton est assez sec. Nul doute maintenant que Matthew ait lu la presse.

- Ecoute Dylan, je ne suis absolument pas responsable de ce qu'il s'est passé ! Il faut que tu me croies, je n'y suis pour rien !

Au fur et à mesure que je m'explique, je sens le désespoir me reprendre. Dylan semble très agacé, alors dans quel état se trouve Matthew...

- Matthew ne me répond pas ! je continue. Et je t'assure que je peux tout à fait comprendre qu'il n'ait pas envie de me parler …. Mais il faut qu'il me laisse lui expliquer….

- Lui expliquer quoi ? s'énerve Dylan. Que tu l'as trahi ?

C'est vrai, Dylan a raison. Comment je vais pouvoir lui expliquer ?

- Je sais que c'est ce que l'on pourrait croire… mais ce n'est pas moi qui ai écrit cet article ! Je ne sais même pas comment tout cela a pu se retrouver dans ce fichu journal… Mais ce n'est pas moi ! Je peux le jurer !

- Bon écoute, il faut que je raccroche ! s'impatiente Dylan.

- S'il te plaît ! dis à Matthew de m'appeler ! je le supplie.

Puis Dylan raccroche sans un mot. Oh mon dieu, Matthew est au courant. Il a vu la presse, il a vu les photos. Je suis perdue. Il pense que je l'ai trahi. Il ne veut pas me parler. Il ne voudra certainement plus jamais me parler. C'est fini. Tout est fini entre nous. Je fonds en larmes, prenant conscience de cette triste réalité. Le rêve est terminé.... Je saisis mon portable, et comme un dernier geste de désespoir, je rédige un message à Matthew. Un long message, très long message, dans lequel je le supplie de me pardonner pour cette chose absurde qui n'aurait jamais dû arriver. Que je ne suis absolument pour rien dans cet article et que je ne sais pas qui a pu chercher à le nuire ainsi, mais que je finirais par trouver qui est à l'origine de cela. Ainsi, je lui prouverai qu'il a eu raison de me faire confiance. Je lui explique que tous ces moments que nous avons partagés sont les plus beaux moments de ma vie, et que je tiens plus que tout à lui…que je l'aime, et que ma vie ne sera plus jamais la même sans lui. Je pleure. Je pleure de plus bel au moment d'envoyer ce message... Je n'aurais certainement jamais de réponse à ce message. Matthew n'aura certainement jamais d'explications, et pensera jusqu'à la fin de ses jours que je ne l'ai jamais aimé, que je l'ai utilisé…

Le reste de la journée se passe dans le plus grand des silences. Je reste assise là, sur mon canapé, à ressasser encore et encore cette invraisemblable histoire. Je consulte mon portable toutes les cinq secondes dans l'attente d'un miraculeux signe de la part de Matthew. Je ne comprends pas. Je ne comprends absolument rien. Mais qui donc a pu écrire ce torchon ? Qui avait intérêt à publier cet article ? Et pour nuire à qui ? Au début, je pensais que c'était contre Matthew, mais j'en viens maintenant à douter …. Cela pourrait être moi la cible. C'est soi-disant moi qui aurait rédigé l'article. Pourquoi se faire passer pour moi dans ce cas ? Mais qui me voudrait du mal ? Je n'ai pas l'impression d'avoir d'ennemis, mais…je ne sais pas…Je ne vois vraiment pas. J'essaie de me rappeler le déroulement de cette soirée. Qui était au courant ? Quelles sont les personnes qui auraient pu nous voir ? Les personnes que nous avons rencontrées… J'essaie de me souvenir du moindre détail, de mener ma propre enquête. Betty aussi cherche à en savoir plus de son côté. Elle possède quelques relations au sein du *People Life Magazine*, aussi elle espère bien trouver quelqu'un qui pourrait lui donner quelques indices. A nous deux, nous arriverons peut-être à dénouer ce véritable pêle-mêle.

Alors que le soleil commence à disparaître derrière les gratte-ciels, quelqu'un frappe à ma porte. Je sursaute. Qui cela peut-il bien être ? Je n'attends personne. Betty ? Non, Betty ne passe jamais à l'improviste. Elle m'appelle toujours avant. Matthew ? La dernière fois, il est venu par surprise. Ce pourrait être lui. Mon cœur se met à battre la chamade. Il bat tellement fort que j'ai l'impression que je vais faire un malaise. Oh mon dieu, faîtes que ce soit Matthew ! Je me lève d'un bond du canapé, et je me précipite pour ouvrir la porte.
- David !!!??? Je m'écrie plus que surprise.
David se tient là, juste devant moi. Je ne comprends pas. Mais que fait-il là ? Je suis tellement sous le choc, et à la fois déçue de ne pas avoir trouvé Matthew derrière cette porte, que je n'arrive pas à faire résonner le moindre mot. David reste là, totalement muet lui aussi. Il n'a pas l'air bien. Ses cheveux sont totalement décoiffés, ses yeux sont d'une noirceur absolue, son visage complétement fermé. Il semble furieux.
- Mais... ?? David ?? Qu'est-ce que tu fais là ?
David ne dit toujours rien. En guise de réponse, il me pousse violemment de ses deux mains à l'intérieur de l'appartement, et entre à son tour en claquant la porte. Il est totalement agité, et fait les cent pas à travers tout le salon. De toute évidence

quelque chose ne va pas, mais son comportement commence à m'effrayer. Je suis sous le choc.
- Tout ça... c'est de ta faute ! marmonne David en me pointant du doigt. C'est de ta faute !
Je me tiens à distance. David semble imprévisible, et je ne comprends pas ce qui le met dans cet état.
- D...David ? Qu...qu'est-ce qu'il y a ? je tente de lui demander tout en essayant de garder mon calme.
Mais il ne semble pas m'entendre. Il continue d'errer dans mon appartement tout en grommelant contre moi. Je m'écarte légèrement pour essayer d'atteindre mon téléphone qui se trouve toujours sur le canapé. Je ne suis pas très rassurée. Je ne vais pas attendre qu'il se passe quoi que ce soit avant de prévenir quelqu'un. Mais au moment où je saisis mon téléphone, David se jette sur moi pour me l'arracher aussitôt des mains et le jeter violemment à travers la pièce.
- NON ! TU ECOUTES CE QUE JE TE DIS !
David se met à hurler tellement fort, que le son de sa voix me tétanise. Je suis pétrifiée. David m'attrape le poignet, et le serre de toutes ses forces. Il continue de me hurler dessus.

- TU NE M'ECOUTES PAS ! TU NE M'ECOUTES JAMAIS !!

Je tente de me défaire de son emprise. Je ne comprends toujours pas ce qu'il se passe, ni même ce que David essaie de me dire. Je suis sous le choc.

- ARRÊTE…. DAVID ! Tu me fais mal ! je le supplie.

- J'ai toujours été là pour toi…J'ai toujours été présent pour toi…Mais voilà comment tu me traites !

Sa voix se fait plus tremblante. Il refuse toujours de me lâcher le poignet, et se met maintenant à sangloter.

- Mais de quoi tu parles ? je lui demande. Ma voix est transie de peur.

Il semble que ma question ne lui plaise pas, et le fasse à nouveau entrer dans une rage incontrôlable. Il me pousse contre le mur et le frappe violemment de son poing.

- POURQUOI TU NE ME REMARQUES PAS ? crie-t-il à nouveau. J'ai toujours fait les choses pour te plaire…. Ça fait des années que je me TUE à te faire plaisir…et tu ne voies RIEN ! TU NE VOIES RIEN !!…Non, il n'y en a que pour ce Matthew Spencer !

Lorsque David prononce le nom de Matthew, je le fixe avec stupeur, oubliant même la douleur de son emprise.

- POURQUOI ? POURQUOI TU FAIS ÇA ?

- Tu deviens fou David ! Lâche moi IMMEDIATEMENT !

Je tente de lui tenir tête, mais David est dans une telle colère que je ne peux m'empêcher d'avoir peur.

- Tu veux rejoindre ton Matthew, hein ? Tu veux que je te lâche pour aller le retrouver, hein ?... Mais ne t'inquiète pas ...bientôt Matthew ne voudra plus de toi.... Quand il comprendra quelle traitresse tu es...
- Qu'est-ce que tu veux dire, David ?
- Attends un peu, et tu verras ce que c'est de souffrir..., de se sentir rejeté...
- Qu'est-ce que...tu comptes faire ?
- Oh mais c'est déjà fait... quand Matthew lira la presse, et qu'il verra que tu as été capable de le trahir...il te laissera tomber... tout comme TU M'AS LAISSE TOMBER !

Je comprends tout maintenant. C'est David qui est à l'origine de tout ça.

- Alors ...l'article...C'EST TOI ????
- Pendant que tu passais ton temps à roucouler, je me suis occupée de faire en sorte que tu reçoives une bonne leçon...c'est moi qui ai fait paraître cet article !
- Mais comment as-tu fait ? Comment étais-tu au courant ?

- Souviens toi...lors de l'interview ! J'étais là lorsque Matthew t'a invité. Et lorsque tu racontais à Betty à quel point tu craquais pour cet...individu... Matthew par ci, Matthew par-là ! Il n'y en avait que pour lui ! Il fallait que je te donne une bonne leçon ! Alors je t'ai suivi....
- Mais ...comment as-tu fait pour rédiger l'article ?
- Le B.A. BA du parfait paparazzi, voyons ! Quelques mouchards dans ton sac, deux-trois photos volées... et hop... le tour était joué... Adieu le beau Matthew ! Quand ce bellâtre lira l'article, il se rendra compte que tu n'es qu'une SALE TRAITRESSE !

Je comprends toute la machination. Tout est évident maintenant. Je me mets à pleurer. Je suis tellement choquée par ce que je viens d'entendre.... Alors que David continue de me hurler dessus pour m'insulter, je m'effondre complétement.

Soudain, je suis comme happée par un énorme tourbillon. Je sens David lâcher son emprise sur mon poignet, et partir brutalement vers l'arrière. Mes yeux sont totalement embués de larmes, mais j'arrive à discerner une silhouette : Matthew !!! Il saisit David par le col et le projette violemment sur la table du salon. Je me recroqueville contre le mur pour me protéger. David brise la table en bois en tombant dessus, et tente de reprendre ses esprits. Matthew l'empoigne à nouveau pour l'ordonner de se relever, puis lui assène un terrible crochet du droit en pleine mâchoire. David se retrouve plaqué contre le mur, ne sachant plus trop comment réagir. Matthew se jette sur lui et le roue de coups tel un punching-ball. Lorsque je réalise enfin ce qu'il se passe, je me relève et cours vers Matthew pour l'empêcher de frapper plus longtemps David. Matthew est totalement hors de lui. Il pourrait certainement le tuer de ses propres mains si je n'interviens pas. Matthew finit par lâcher David. David a le visage complétement tuméfié. Il tente de reprendre ses esprits. Matthew lui ordonne alors de déguerpir au plus vite d'ici, avant de perdre à nouveau son sang-froid. David s'exécute sans perdre un instant et quitte l'appartement tant bien que mal.

Oh mon dieu ! Je n'arrive pas à croire ce qu'il vient de se passer. Matthew se tient là, face à la porte. Il me tourne le dos. Il s'assure que David quitte bien les lieux. Je ne bouge pas. Je reste tétanisée de peur. Au bout de quelques secondes, Matthew se retourne vers moi. Son visage respire encore toute la rage contre David. Je n'ose toujours pas bouger. Je m'inquiète de sa réaction. Mais très vite, je sens son regard se radoucir en me voyant, et Matthew m'attire vers lui pour me prendre dans ses bras. Je me jette à son cou, libérant en même temps tout ce stress. J'éclate en sanglot. Matthew me sert aussi fort que possible. Il tente de me rassurer.

- Mon dieu…ce que j'ai eu peur… ! je m'exclame en larmes.

Mon corps est tout tremblant, mais parvient à se calmer au contact de Matthew.

- Tu n'as plus rien à craindre ! me rassure Matthew.

- Il est comme devenu fou…Tu aurais vu ça…Il n'arrêtait pas de hurler…J'ai vraiment eu très peur….

- C'est fini…c'est fini…murmure Matthew.

- Heureusement tu es arrivé à temps…. Je suis tellement heureuse que tu sois là Matthew !

- Moi aussi je suis heureux d'être arrivé à temps !

- J'étais sûre que plus jamais je ne te reverrai…qu'est-ce que tu fais là ?...

- Je voulais qu'on s'explique…je ne t'ai pas rappelé c'est vrai…mais je préférais régler ça en direct en fait….

- Matthew…je…

- Chutt… Ne t'en fais pas…je suis au courant…j'ai entendu tout ce que David a dit….

- Si tu savais comme je suis désolée…je lui dis en pleurant.

- Non, c'est moi qui suis désolé… J'ai douté de toi…Je n'ai même pas cherché à savoir, j'ai tout bonnement cru ce magazine…. Pardonne-moi !

Je suis tellement soulagée…soulagée de le voir là tout d'abord, mais soulagée surtout qu'il ait entendu la vérité. Tout était entièrement monté de toutes pièces par David. Je n'en reviens toujours pas. David était persuadé que nous étions faits l'un pour l'autre, et parce que je ne m'étais pas rendu compte de ses sentiments à mon égard, il avait voulu se venger. Je n'ai pas trahi Matthew, et maintenant il le sait. Jamais je ne pourrais le trahir…Je l'aime trop. Oui, je l'aime ! J'en suis sûre…

Matthew pose délicatement sa main sur ma joue, et de son pouce essuie mes larmes. Sa main est douloureuse. Je la caresse comme pour la soigner. J'apprécie la chaleur de sa peau. Cette chaleur qui m'avait tellement manquée. Je ferme les yeux. Je me sens si soulagée de sentir sa peau à nouveau contre la mienne.
- Je suis un véritable idiot…murmure Matthew. Je ne sais pas pourquoi j'ai pu penser un seul instant que tu pouvais avoir fait une chose pareille…Je sais bien que tu n'es pas comme ça… Tu es…si douce…. Oh Lisa… j'ai cru t'avoir perdu… Je suis devenu complétement fou !

- Oh ...moi aussi Matthew, j'ai eu si peur de t'avoir perdu !

Matthew se penche vers moi.

- ...Je t'aime Lisa.... J'ai besoin de toi.
- Moi aussi, je t'aime Matthew !

Ses yeux brillent d'émotion. Je sens les larmes me monter, mais ce sont des larmes de joie cette fois. Ses mots me troublent. Je ressens toute sa sincérité. Mon cœur ne s'y trompe pas et bondit de joie dans ma poitrine. Ses lèvres viennent alors se poser contre les miennes et m'emporte dans un baiser des plus passionnés.

Matthew me demande de prendre quelques affaires. Il ne veut pas que je reste seule dans cet appartement une minute de plus. Je pars donc avec lui, à Boston. Le temps qu'il termine l'album, je resterai avec lui vingt-quatre heures sur vingt-quatre. Matthew s'en veut tellement de ne pas avoir été là pour me protéger. Il veut être sûr à présent que je me trouve en parfaite sécurité. David, lui, a complétement disparu de la circulation. Depuis cet incident, plus personne n'a entendu parler de lui. Il n'est jamais revenu au journal. Il a quitté son appartement aussitôt sans donner aucun signe de vie à qui que ce soit. Je ne porterai pas plainte, contrairement aux recommandations de Matthew. Je pense qu'il s'agit d'un coup de folie de la part de

David. Il ne peut pas avoir de fond méchant, j'ai beaucoup de mal à le croire. Donc, je ne veux pas l'accabler davantage. Il vaut mieux oublier toute cette histoire. Même si cela est difficile à comprendre pour Matthew. Mais il respecte mon choix, et fait de son mieux pour ne plus m'y faire penser. Vivre au quotidien avec Matthew est un véritable plaisir. Il est si attentionné ! Et je tâche de lui rendre au centuple tout l'amour qu'il me porte.

Après la sortie de l'album, Matthew m'a proposé de rester avec lui et de devenir son attaché de presse. Avec l'accord de Dylan, bien sûr. Je connais parfaitement le milieu de la presse, c'est donc tout naturellement que cette idée lui est venue. Et j'ai bien entendu accepté ! De cette façon, nous pouvons continuer à partager le maximum de moments ensemble sans que cela ne nuise à sa carrière. La vie est merveilleuse ! je vis un véritable rêve éveillé, et croise les doigts chaque jour que ce rêve continue encore longtemps……

THE END